Miguel de Cervantes Saavedra, Konrad Thorer

Geschichte des Zigeunermädchens

Eine Novelle

Miguel de Cervantes Saavedra, Konrad Thorer

Geschichte des Zigeunermädchens
Eine Novelle

ISBN/EAN: 9783337355548

Hergestellt in Europa, USA, Kanada, Australien, Japan

Cover: Foto ©Andreas Hilbeck / pixelio.de

Weitere Bücher finden Sie auf **www.hansebooks.com**

Geschichte des Zigeunermädchens

Eine Novelle

von

Miguel de Cervantes

Im Insel-Verlag zu Leipzig

Es scheint, daß die Zigeuner und Zigeunerinnen nur auf die Welt kommen, um Spitzbuben zu werden. Sie stammen von Eltern, die Spitzbuben sind, werden mit Spitzbuben erzogen, studieren das Spitzbubenhandwerk und werden endlich Spitzbuben, die auf alle Fälle gemacht und bedacht sind; die Lust am Stehlen und das Stehlen selbst sind gleichsam unabtrennbare Teile ihres Wesens, das sie erst mit dem Tode verlieren.

Eine nun von diesem Volk, eine alte Zigeunerin, die in der Kunst des Cacus[1] bereits ihr Jubiläum gefeiert haben mochte, erzog als ihre Enkelin ein junges Mädchen, dem sie den Namen Preziosa gab und das sie in all ihren Zigeunerstreichen, Gaunereien und Diebeskünsten unterrichtete. Preziosa wurde die vortrefflichste Tänzerin im ganzen Zigeunervolk und das schönste und verständigste Kind, das man nicht nur unter Zigeunern, sondern unter allen Schönen und Klugen finden konnte, deren Ruhm je erschollen ist. Weder Sonne noch Luft noch auch alle Unbilden der Witterung, denen die Zigeuner mehr ausgesetzt sind als andre Leute, vermochten ihrer Schönheit Abbruch zu tun oder ihre Hände zu bräunen. Ja, was noch mehr ist, die rauhe Erziehung, die sie erhielt, konnte nicht verdecken, daß sie von gesitteteren Eltern abstammte, als es Zigeuner sind; denn sie war äußerst gewandt und sehr verständig. Bei all dem war sie frei, ohne die Grenzen der Sittsamkeit zu überschreiten; sie war vielmehr bei allem Witze so züchtig, daß in ihrer Gegenwart keine Zigeunerin, mochte sie alt oder jung sein, ein unanständiges Lied zu singen oder üble Worte zu sprechen wagte. Kurz die Großmutter erkannte, welchen Schatz sie in der Enkelin besaß, und so beschloß denn die alte Dohle, ihr junges Dohlchen ausfliegen zu lassen und es zu lehren, sich den Unterhalt mit den eignen Fängen zu gewinnen. Preziosa zog aus, reich versehen mit Festgesängen, Volksliedern, Seguidillas, Sarabanden und andern Versen, besonders Romanzen, die sie mit eigentümlicher Anmut vortrug; denn die schlaue Alte erkannte, daß bei der Jugend und Schönheit ihrer Enkelin dergleichen Schwänke und Spiele ein sehr glückliches Reiz- und Lockmittel abgeben müßten, das ihr Vermögen vermehren würde. So hatte sie denn auf allen möglichen Wegen nach solchen Dingen gesucht, und es fehlte nicht an Dichtern, die sie damit versahen; denn es gibt ebensogut Poeten, die sich mit den Zigeunern verstehen und Werke an sie verkaufen, wie es andre für die Blinden gibt, denen sie Wundergeschichten erfinden, um den Gewinn mit ihnen zu teilen. In der Welt kommt alles vor, und der Hunger treibt manche Köpfe, Dinge zu tun, die ihnen nicht an der Wiege gesungen worden sind.

Preziosa war in verschiedenen Gegenden Kastiliens aufgewachsen; in ihrem fünfzehnten Jahre aber führte ihre angebliche Großmutter sie in die Residenz, und zwar auf ihren alten Lagerplatz, die Felder der heiligen Barbara, wo sich die Zigeuner gewöhnlich aufhalten. Sie hoffte, in der Hauptstadt, wo alles gekauft und alles verkauft wird, werde auch sie ihre Ware losschlagen können. An dem Tage, als Preziosa ihren ersten Einzug in Madrid hielt, war das Fest der heiligen Anna, der Patronin und Schutzherrin der Stadt. Acht Zigeunerinnen, vier ältere und vier junge, führten unter der Leitung eines Zigeuners, eines vorzüglichen Tänzers, einen Tanz auf, und wenn sie auch alle sauber und geputzt erschienen, so trat doch Preziosens Zierlichkeit so sehr hervor, daß sie allmählich die Blicke aller Zuschauer auf sich zog. Durch den Klang der Schellentrommel und Kastagnetten, durch die Wirbel des Tanzes scholl der Ruf, der die Schönheit und Anmut des Zigeunermädchens pries. Jünglinge und Männer strömten herbei, um sie zu sehn; als man sie aber gar singen hörte (denn der Tanz war mit Gesang verbunden), wurde der Lärm so groß, daß das Lob der Zigeunerin von allen Seiten widerhallte und die Vorsteher des Festes ihr einstimmig den Preis für den besten Tanz zuerkannten. Nachher führten die Zigeuner in der Kirche der heiligen Maria, vor dem Bildnis der glorreichen Anna, den Reigen noch einmal auf, und nachdem er beendigt war, ergriff Preziosa ein Tamburin, zu dessen Klang sie sich aufs leichteste und zierlichste im Kreis bewegte, und sang folgende Romanze:

> Köstlichster von allen Bäumen,
>   Der so lang nicht Frucht getragen,
> Jahre, die wie einer Trauer
>   Hülle düster auf ihm lagen
>
> Und auf reine Herzenswünsche
>   Eines liebevollen Gatten,
> Überwölkend seine Hoffnung,
>   Schatten trüb geworfen hatten,
>
> So daß aus der langen Säumnis
>   Kummer ward, der bitter nagte,
> Und der aus dem heilgen Tempel
>   Den gerechten Mann verjagte.
>
> Heilig unfruchtbarer Boden,
>   Dem im Anfang doch entsprossen
> Jene überreiche Fülle,
>   Die die ganze Welt genossen.
>
> Haus der königlichen Münzstatt,
>   Wo der Stempel ward geschlagen,
> Der dem Gott die Form gegeben,
>   Die als Mensch er hat getragen.
>
> Mutter du von einer Tochter,
>   In der wollt und konnt entfalten
> Alle Tugenden der Höchste,
>   Die sonst Menschen nie erhalten.
>
> Durch dich selbst und durch die Tochter
>   Bist die Zuflucht du, o Anne,

Welcher wir zur Rettung nahen
Hier in unsres Elends Banne.

In gewisser Art auch darfst du,
Keinen Zweifel laß ich walten,
Über deinem heilgen Enkel
Als gerechte Herrin schalten.

Mitzuthronen, gleich dir Hohen,
In der höchsten Himmelsfeste,
Hielten wohl viel tausend Eltern
Für der Glückesgaben beste.

Welche Tochter! welch ein Enkel!
Welcher Eidam! Hier ist wieder,
Ist gerechterweise Anlaß
Für Triumph- und Siegeslieder.

Aber du in deiner Demut
Bist ihr still voraufgeschritten:
Drauf hat demutsvoll dir deine
Heilge Tochter nachgelitten.

Und jetzt neben ihrer Seite
Vor den Höchsten zugelassen,
Schmeckest du die hohen Wonnen,
Die wir ahnend kaum erfassen.

Preziosens Gesang erregte bei allen Zuhörern Bewunderung. Die einen sagten: „Gott segne dich, Kind." Andre: „Wie schade, daß das Mädchen eine Zigeunerin ist, wahrlich und wahrhaftig, sie verdiente die Tochter eines großen Herrn zu sein!" Und wieder andre, die derber waren, sprachen: „Laßt das Dirnchen nur heranwachsen, sie wird schon ihre Streiche machen; bei Gott, sie wird ein hübsches Schleppnetz zum Fischen der Herzen." Wieder ein andrer, artiger, aber plump und ungeschickt in seinen Ausdrücken, rief, als er sie so flink im Tanz dahinschweben sah: „Auf, Töchterchen, auf! Und die Füße gerührt, mein Liebchen, damit es staubt." „Und ich Euch den Staub wieder ausklopfe," erwiderte sie, ohne den Tanz zu unterbrechen.

Als die Vesper und das Fest der heiligen Anna vorüber war, fühlte Preziosa sich ein wenig erschöpft, aber um ihrer Schönheit, ihres Witzes und Verstandes und ihrer Tanzkunst willen war sie auch schon so berühmt, daß man in der ganzen Residenz auf allen Straßen von ihr sprach. Vierzehn Tage nachher kam sie abermals nach Madrid, und zwar in Begleitung von drei andern Mädchen, mit Schellentrommeln und einem neuen Tanze. Alle waren sie ausgerüstet mit Romanzen und munteren, aber sittsamen Liedchen, denn Preziosa gab nie zu, daß ihre Gefährtinnen unschickliche Lieder sangen, so wenig sie selbst jemals mit dergleichen vortrat. Viele merkten das denn auch und hielten sie deshalb besonders hoch. Nie trennte sich die alte Zigeunerin, die sie wie ein Argus bewachte, von ihr, denn sie war immer in Angst, man könnte ihr das Mädchen entführen. Sie nannte sie ihre Enkelin, und Preziosa hielt sie für ihre Großmutter. Um den Zuschauern ein Vergnügen zu machen, stellten sie sich in der schattigen Toledostraße zum Reigen auf, und bald sammelte sich das ihnen nachziehende Volk zu einem großen Kreise. Während des Tanzes bat die Alte die Umstehenden um einen Beitrag, und die Achtel- und Viertelrealen regneten wie Hagelschauer auf sie ein, denn die Schönheit hat die Kraft, die schlafende Freigebigkeit zu wecken.

Als der Tanz zu Ende war, sprach Preziosa: „Wenn mir jeder vier Viertelrealen gibt, so will ich euch allein eine gar schöne Romanze singen über den ersten Kirchgang, den unsre Königin Doña Margarita nach ihrem Wochenbett in Valladolid gehalten hat, und zwar zur Sankt-Lorenzkirche; und ich sage euch, es ist ein Meisterstück, von einem Kapitalpoeten, der seinen Mann zu stellen vermag.“

Kaum hatte sie dies ausgesprochen, als alle Umstehenden mit lauter Stimme riefen: „Singe, Preziosa, da sind meine vier Quartos." Und von neuem hagelten die Geldstücke auf sie ein, so daß die Alte kaum Hände genug hatte, um sie zu sammeln. Als die Ernte geborgen war, griff Preziosa nach ihrem Tamburin und sang zu dem rauschenden Geklingel folgende Romanze:

Ersten Kirchgang nach den Wochen
Hielt der Fürstinnen Europens
Größte, die nach Wert und Namen
Strahlet über jedem Lobe.

Wie die Augen sie emporschlug,
Hat die Herzen sie erhoben
Aller, die bewundernd schauten
Ihre Andacht, ihre Hoheit.

Und zu zeigen, daß der Himmel
Raum hat auf der Erde Boden,
Wandelt hier die Sonne Östreichs,
Dort die schmelzende Aurora.

Hinter ihr kam nachgezogen
Hell der lichte Stern des Morgens,
Der so plötzlich aufgegangen,
Daß von Tau die Himmel flossen.

Und wenn Sterne hat der Himmel,
Die umstrahlte Wagen formen,
Schönre Sterne ihrem Himmel
Hier auf irdschen Wagen folgten.

Hier der alternde Saturnus
Glättet und verjüngt den Bart sich
Und geht schnell, der sonst so langsam,
Denn von Gicht heilt ihn die Wonne.

Und der Gott der leichten Rede
Spricht in süßen Schmeichelworten;
Und in bunten Chiffren Amor,
Die Rubin und Perl' umbortet.

Dort geht Mars, der Muterfüllte,
Wunderbar herausgeputzt,

Wie ein kecker Jüngling, der sich
An dem eignen Schatten stößt.

Hart am Haus der Sonne schreitet
Jupiter; denn was erobert
Nicht das innige Vertrauen,
Das durch Klugheit wird gewonnen?

Luna folgt ihm, auf den Wangen
Mancher Menschengöttin thronend;
Venus, in den Zügen jener,
Welche diesen Himmel bilden.

Kleine, holde Ganymede
Schwärmen, drängen, gehen, kommen
Um den goldumstrahlten Gürtel
Dieses hehren Himmelsbogens.

Und damit sich alles wundre,
Alle ihr Erstaunen zollen,
Steigt die strahlende Verschwendung
Nun hinan zum Wundervollen.

Mailands reiche Prachtgewebe
Liegen hier der Menge offen,
Indiens helle Diamanten
Und Arabiens Arome.

Denen, welche bösen Sinnes,
Muß der Neid im Herzen toben,
Aber Jubel füllt den Busen
Jedes echten spanschen Sohnes.

Fliehend aus der Trauer Banden
Zieht der allgemeine Frohsinn
Durch die Straßen, durch die Plätze,
Wie auf lauten Wahnsinns Wogen.

Zu viel tausend Segenswünschen
Tut der Mund sich auf der Stille,
Und es wiederholt die Jugend,
Was das Alter ausgesprochen.

Einer spricht: „Ergiebge Rebe,
Wachs empor und schling dich eng

Her um die geliebte Ulme,
Daß ihr Schatten dich umflore,

Dir zu deinem eignen Ruhme
Und zu Spaniens Ehr und Frommen
Und zur Förderung der Kirche
Wie zum Grausen des Mahoma!"

Eine andre Stimme rufet:
„Lebe hoch, o Taube, holde,
Die für uns du hast geboren
Einen Aar mit zweien Kronen,

Zu vertreiben aus den Lüften
Jeden raubergebnen Vogel,
Mit dem Fittich zu bedecken
Jeder Tugend bange Sorgen!"

Noch ein andrer, der noch feiner
Gab des raschen Witzes Proben,
Sprach, in Augen und im Munde
Ausgedrückt das Herz, das frohe:

„Diese Perle, die du schenktest,
Östreichs Perlenmutter, große,
Wie viel List hat sie vereitelt,
Wie viel Wünsche sie gebrochen!

Was zerstört sie nicht an Ränken,
Was gewährt sie nicht an Hoffnung,
Welche Fehlgeburten treibt sie
Jetzt nicht aus dem Zeitenschoße!"

Mittlerweile kam zum Tempel
Man des Phönix, der in Roma
Hat den Flammentod bestanden
Und nun lebt in ewger Glorie.

Und zum Bild des ewgen Lebens,
Zu der Königin dort oben,
Die, weil sie in Demut wallte,
Über Sterne ward erhoben,

Zu der Mutter und der Jungfrau,
Zu der Tochter und Verlobten

Gottes hat, aufs Knie gesunken,
Margarita so begonnen:

„Was du gabst, geb ich dir wieder,
Hand zum Geben stets erschlossen,
Denn wem deine Gnade fehlet,
Der wird stets vom Weh getroffen.

Sieh, den Erstling meiner Früchte
Bring ich, Jungfrau, dir zum Opfer;
Wie sie ist, nimm hin die Gabe,
Und laß herrlicher sie sprossen.

Seinen Vater auch empfehl ich,
Der, ein Atlas, unverdrossen
Sich der Last so vieler Reiche
Beugt, so vieler fernen Zonen.

Denn ich weiß, das Herz des Königs
Ruhet in den Händen Gottes,
Und ich weiß, daß Gott nie weigert,
Was du bittest, Demutvolle!“

Als geendet diese Rede,
Haben andre sich ergossen
In Gesänge, die bewiesen,
Daß auf Erden Himmel rollen.

Als vorüber dann des Hochamts
Königliche Zeremonien,
Kehrte heim der hehre Himmel
Mit den wundervollen Sonnen.

Als Preziosa ihre Romanze beendet hatte, erhob sich aus
dem glänzenden Kreis ihrer Zuhörer einstimmig der Ruf:
„Singe noch einmal, Preziosa, es soll Geld absetzen wie Sand
am Meer!“

Nun sahen dem Tanz der Zigeunerinnen mehr als
zweihundert Personen zu, und alle lauschten ihrem Gesang,
als zufällig (eben war das Gedränge am stärksten geworden)
einer der Stadtschultheißen des Weges kam, und da er so

viele Leute beisammen sah, fragte er, was es gäbe. Auf die Antwort, man höre der schönen Zigeunerin zu, die eben singe, trat der Schultheiß neugierig näher und horchte selbst ein Weilchen hin, wartete aber, um seiner Würde keinen Eintrag zu tun, das Ende der Romanze nicht ab. Da ihm jedoch das Mädchen außerordentlich gut gefallen hatte, befahl er seinem Pagen, der Alten zu sagen, sie möge gegen Abend mit den Zigeunerinnen in sein Haus kommen; er wünsche, daß auch seine Gemahlin, Doña Clara, sie höre. Der Page gehorchte, und die Alte versprach sich einzufinden. Als Tanz und Gesang zu Ende waren und man sich eben an einen andern Ort begeben wollte, trat ein zweiter, sehr wohl gekleideter Page zu Preziosa, gab ihr ein zusammengefaltetes Papier und sprach: „Prezioschen, singe die Romanze, die hier steht; sie ist sehr gut, und ich werde dir von Zeit zu Zeit noch andre geben, durch die du den Ruf der ersten Romanzensängerin der Welt erlangen sollst."

„Ich werde sie mit großem Vergnügen lernen," entgegnete Preziosa, „und vergeßt ja nicht, mein Herr, mir auch die andern Romanzen zu bringen, von denen Ihr sprecht. Doch müssen sie anständig sein. Wollt Ihr, daß ich sie bezahle, so wollen wir nach Dutzenden miteinander abrechnen, so daß ich für ein Dutzend bezahle, wenn ich es gesungen habe. Im voraus zu zahlen ist mir unmöglich."

„Wenn mir Jungfer Prezioschen dies schwarz auf weiß geben will," erwiderte der Page, „so bin ichs zufrieden, und obendrein soll eine Romanze, die nicht gut und ehrbar ausfällt, nicht gerechnet werden."

„Die Wahl muß mir überlassen bleiben," antwortete Preziosa und ging mit ihren Begleiterinnen weiter, als einige Kavaliere sie aus einem Fenstergitter anriefen. Preziosa trat an das niedrige Gitter und sah in einem kühlen, freundlichen Saal mehrere vornehme Herren, von denen einige auf und ab gingen, andre sich mit allerlei Spielen unterhielten.

„Wollt ihr mir ein Aufgeld geben, meine Herren?" fragte Preziosa mit dem lispelnden Ton der Zigeuner, der ihnen übrigens nicht natürlich, sondern künstliche Angewöhnung ist.

Da bei diesen Worten auch Preziosens Gesicht im Fenster erschien, verließen die Spieler die Tische, die Umhergehenden blieben stehn, und alle eilten sofort ans Fenster, um sie zu sehn; denn sie hatten bereits von ihr vernommen. „Kommt herein, kommt herein, ihr Zigeunerinnen," riefen sie, „wir wollen euch Aufgeld geben."

„Es könnte uns teuer zu stehn kommen, wenn ihr uns da in die Falle locktet!" antwortete Preziosa.

„Nein, auf Ritterwort," entgegnete einer, „du kannst getrost eintreten, Kleine, und bei dem Kreuz, das ich hier auf der Brust trage, du darfst sicher sein, daß dir niemand ein Haar krümmen wird." Damit legte er die Hand auf sein Calatravakreuz.

„Wenn du hinein willst, Preziosa," sprach eine ihrer drei Gefährtinnen, „so geh in Gottes Namen; ich für meine Person bleibe fort, wo so viel Männer sind."

„Nicht doch! Christina," antwortete Preziosa. „Vor einem einzelnen Mann mußt du dich hüten, und wenn du allein bist. Sind viele beisammen, so brauchst du keine Angst zu haben, daß man dich ungebührlich behandle. Merk dirs, Christinchen, und glaube mir, wenn ein Mädchen entschlossen ist, seinen guten Ruf zu bewahren, so kann sie ihn selbst mitten in einem Heere bewahren. Freilich soll man die Versuchung fliehen, aber die geheime, nicht die öffentliche."

„So laß uns hineingehn, Preziosa," erwiderte Christina; „du weißt mehr als ein Gelehrter."

Auch die alte Zigeunerin ermunterte sie, und sie traten ein. Kaum war Preziosa drinnen, als der Herr mit dem Kreuz das Papier bemerkte, das sie im Busen stecken hatte; er trat auf sie zu und griff danach, Preziosa aber rief: „Nehmt es mir nicht, mein Herr, es ist eine Romanze, die ich in diesem Augenblick bekommen und noch nicht einmal gelesen habe."

„So kannst du lesen, mein Kind?" fragte einer.

„Und auch schreiben!" entgegnete die Alte. „Ich habe meine Enkelin erzogen, als wäre sie eine Gelehrtentochter."

Der Kavalier faltete das Papier auseinander, fand einen Goldtaler dareingewickelt und rief: „Zum Kuckuck, Preziosa, dem Brief ist das Porto gleich beigeschlossen! Da hast du einen Taler; er lag in der Romanze!" „Gut!" antwortete Preziosa, „der Dichter hat mich als ein armes Ding behandelt, und schließlich ist es ein größeres Wunder, daß ein Dichter mir einen Taler schenkt, als daß ich ihn nehme. Kommen all seine Romanzen mit solcher Zugabe, so mag er ruhig den ganzen Romancero ausschreiben und mir Stück für Stück schicken; ich werde ihnen schon den Puls fühlen, und sind sie hart, so will ich weich sein und sie annehmen."

Die Zuhörer bewunderten den Witz und die Anmut ihrer Worte; sie aber fuhr fort: „Leset, mein Herr, und zwar recht laut; wir wollen sehn, ob der Witz des Dichters so groß ist wie seine Freigebigkeit."

14

Und der Kavalier las vor:

Du Zigeunerin, als Rose
Aller Schönheit wohl zu preisen,
Die du wirst mit Recht geheißen,
Gleich dem Edelstein, Preziose,

Auch aus dir ist jener Rede
Richtigkeit leicht zu ersehen,
Daß stets miteinander gehen
Schönheit und die härtste Spröde.

Wenn, wie du im Wert dich hebest,
Willst die eigne Schätzung steigern,
Mußt du jeden Kauf wohl weigern
Dem Geschlecht, in dem du lebest.

Traun, ein Basiliske nistet
Dir im Herzen, der uns tötet,
Und so weich dein Mund auch flötet,
Ists doch Herrschaft, was dich lüstet.

Unter armen Bettlern war es,
Daß solch Lichtbild ward geboren?
Wie zu solchem Glück erkoren
Ward der stille Manzanares?

Ja, in hellen Ruhms Geleite
Wird er jetzt, wie Tajo, fließen,
Um Preziosa mehr gepriesen
Als des Ganges Meeresbreite.

Wohl willst Glück voraus du sehen,
Doch du kannst nur Unglück bringen,
Da nach zwei verschiednen Dingen
Blick bei dir und Wille gehen.

Denn in der Gefahr, der großen,
Daß wir unverweilt dir huldgen,
Will dein Wille dich entschuldgen,
Doch dein Blick will uns durchstoßen.

Sagt man, daß im Zauber mächtig
Sämtliche Zigeuner seien,

15

So sind deine Zaubereien
Wahrer und mehr unheilsträchtig.

Daß du alle hast am Fädchen,
Die dir jemals nah gewesen,
Dieses Zaubers böses Wesen
Liegt in deinem Aug, o Mädchen.

Und du wirst es weiter bringen,
Denn du blickst uns an im Tanze,
Tötest mit des Auges Glanze
Und bezauberst uns im Singen.

Tausend Zauberein zusammen
Übst im Sprechen du und Schweigen;
Magst verstecken dich, dich zeigen,
Immer schürst du unsre Flammen.

Selbst die allerfreisten Seelen
Werden dir als Sklaven eigen,
Davon kann die meine zeugen,
Folgend deines Winks Befehlen.

Köstliches Juwel der Liebe,
Dieses wagte der zu schreiben,
Der, im Tod selbst, dein wird bleiben,
Arm zwar, doch mit reinem Triebe.

„Mit ‚arm' fängt die letzte Zeile an," sagte Preziosa, „das ist ein schlimmes Zeichen; Verliebte sollten nie sagen, daß sie arm sind, denn am Anfang, scheint mir, ist die Armut eine große Feindin der Liebe."

„Wer hat dich das gelehrt, Kind?" fragte einer.

„Wer brauchte es mich zu lehren?" antwortete Preziosa. „Habe ich keine Seele im Leibe? Bin ich nicht schon fünfzehn Jahre alt? Mein Verstand ist weder lahm noch verstümmelt noch verkrüppelt. Die Köpfe der Zigeunerinnen stehen unter einem andern Stern als die der übrigen Leute; sie sind ihren Jahren immer voraus. Es gibt keinen dummen

Zigeuner und keine linkische Zigeunerin. Da sie ihren Lebensunterhalt nur durch Schlauheit, Scharfsinn und List verdienen, so schleifen sie den Verstand bei jedem Schritt und lassen nirgends Rost daran. Seht meine jungen Begleiterinnen, die stehn so still da wie die Rohrkolben. Steckt ihnen aber einmal den Finger in den Mund und fühlt nach den Weisheitszähnen, so sollt ihr euer Wunder erleben. Keine Zigeunerin von zwölf Jahren, die nicht so viel wüßte wie ein andres Mädchen von fünfundzwanzig, denn sie haben zum Meister und Lehrer den Teufel und die Übung, die ihnen in einer Stunde beibringen, woran andere ein Jahr studieren."

Durch solche Reden setzte das Mädchen ihre Zuhörer in Verwunderung, und alle, ob sie spielten oder nicht, gaben Kartengeld. Die Büchse der Alten wurde um dreißig Realen schwerer, und reicher und besser gelaunt als am Palmsonntag sammelte sie ihre Lämmer und führte sie ins Haus des Herrn Stadtschultheißen, indem sie versprach, sie würde nächster Tage mit ihrer Herde wiederkommen, um den freigebigen Herren noch einmal aufzuwarten.

Señora Doña Clara, die Frau des Herrn Stadtschultheißen, war bereits benachrichtigt, daß die jungen Zigeunerinnen in ihr Haus kommen würden, und mit ihren Mädchen und Jungfern und denen der Frau Nachbarin, die sich alle versammelt hatten, um Preziosa zu sehen, harrte sie ihrer voller Ungeduld. Kaum aber waren sie eingetreten, so strahlte Preziosa unter den übrigen hervor wie das Licht einer Fackel unter kleinen Lampen. Darum lief ihr alles entgegen; die einen umarmten sie, die andern betrachteten sie, diese wünschten den Segen des Himmels auf sie herab, und jene ergossen sich in Lobeserhebungen.

„Ja," rief Doña Clara, „das nenne ich goldene Haare, das nenne ich Azuraugen!"

Die Frau Nachbarin ging sie prüfend von oben bis unten durch, unterwarf all ihre Glieder und Gelenke einer Besichtigung, kam schließlich mit ihrem Lobe zu einem Grübchen in Preziosens Kinn und rief: „Welch ein Grübchen! In diese Grube muß ja jedes Auge fallen, das sie sieht!"

Dies hörte ein langbärtiger, hochbejahrter Kavalier der Doña Clara, der anwesend war, und sagte: „Das nennen Euer Gnaden ein Grübchen? Ich müßte mich schlecht auf Gruben verstehen, wenn dies ein Grübchen ist und nicht vielmehr ein Grab lebendiger Wünsche. Bei Gott, die Kleine könnte nicht niedlicher sein, und wenn sie aus Silber oder Marzipan wäre. Kannst du auch wahrsagen Kleine?"

„Auf drei- bis viererlei Arten," erwiderte Preziosa.

„Das auch noch!" rief Doña Clara. „Beim Leben des Stadtschultheißen, meines Gemahls, du sollst mir wahrsagen, Goldkind, Silberkind, Perlenkind, Karfunkelkind, Himmelskind! Das ist der höchste Name, den ich für dich finde."

„Gebt der Kleinen die Hand und etwas, womit sie das Kreuz machen kann," sagte die Alte, „und man wird sehn, was sie zu sagen weiß, denn sie versteht mehr als ein Doktor der Heilkunst."

Die Frau Stadtschultheiß griff in die Tasche, fand aber keinen Quarto darin; sie bat ihre Mädchen um einen Vierfelreal, doch keine vermochte einen aufzufinden, und ebensowenig die Frau Nachbarin. Als Preziosa das sah, rief sie: „Jedes Kreuz, wenn es nur ein Kreuz ist, taugt; die silbernen oder goldenen aber sind besser, und ich darf Euer Gnaden nicht vorenthalten, daß es dem Glücke schadet, wenn man auf der Hand das Zeichen des Kreuzes mit einem

Kupferstück macht, wenigstens wenn ich es tue. Daher mache ich das erste Kreuz gar gern mit einem Goldtaler oder doch mit einem schweren oder leichten Real; ich bin wie die Küster, die sich freuen, wenn ein großes Opfergeld fällt."

„Du bist nicht auf den Kopf gefallen, Kleine," bemerkte die Frau Nachbarin, wandte sich an den Kavalier und fragte: „Herr Contreras, habt Ihr nicht einen leichten Real zur Hand? Gebt ihn mir! Sobald mein Mann, der Doktor, kommt, gebe ich ihn Euch zurück."

„Ich habe wohl einen," erwiderte Contreras, „aber ich habe ihn für zweiundzwanzig Maravedis versetzt, um die ich gestern zu Nacht gespeist; gebt mir so viel, und ich will ihn auf der Stelle holen."

„Wir alle haben keinen Viertelreal," entgegnete Doña Clara, „und Ihr wollt zweiundzwanzig Maravedis? Geht, Contreras, Ihr wart immer ein alberner Kerl."

Endlich sagte ein Mädchen, da das ganze Haus so unfruchtbar blieb, zu Preziosa: „Kleine, schadet es denn, wenn man das Kreuz mit einem silbernen Fingerhut macht?"

„Im Gegenteil," erwiderte Preziosa, „das größte Kreuz in der Welt wird mit silbernen Fingerhüten gemacht, wie gar mancher weiß!"

„Ich habe einen;" versetzte das Mädchen, „tut er die gleichen Dienste, so nimm ihn, jedoch unter der Bedingung, daß du auch mir Glück prophezeist."

„Für einen Fingerhut so viel Glück!" rief die Alte. „Töchterchen, tummle dich, es wird Nacht!"

Preziosa nahm den Fingerhut sowie die Hand der Frau

Stadtschultheiß und begann also:

Schönes Weibchen, schönes Weibchen,
Mit der Hand aus Silberplatten,
Nicht den Alpujarrenkönig
Liebt wie dich dein treuer Gatte.

Bist ein Täubchen ohne Galle,
Aber oft auch bist du flammend
Wie die Löwenmutter Orans,
Wie die Tigerin Ocañas.

Doch eh man die Hand umdrehet,
Ist der Sturm vorbeigegangen,
Und du bist wie Gerstenzucker,
Gleichst an Sanftmut einem Lamme.

Zankest viel und issest wenig,
Etwas Eifersucht auch hast du,
Denn der Schultheiß liebt sein Späßchen,
Ob er auch nach Würde trachtet.

Dich als Mädchen schon begehrte
Einer von gar feinem Ansehn,
Doch zum Henker mit den Kupplern,
Die des Hauses Frieden schaden.

Wärst du etwa Nonne worden,
Würdst du ganz im Kloster schalten,
Denn du hast zu der Äbtissin
Mehr wohl als vierhundert Gaben.

Sollt es eigentlich nicht kundtun,
Doch gleichviel, es muß zutage:
Zweimal wirst du Wittib werden,
Zweimal wirst du wieder Gattin.

Weine nicht, o meine Herrin,
Evangelium ist nicht alles,
Was Zigeunerinnen sprechen,
Weine nicht, sei ruhig, Herrin.

Würdest du vom Tod gefordert
Vor dem Schultheiß, dem Gemahle,

20

So genügt dies, dich vor schlimmem
Witwenstande zu bewahren.

Erben wirst du, und zwar nächstens,
Ein bedeutendes Vermögen;
Domherr wird dein Sohn einst werden,
Welcher Kirch, ist schwer zu sagen,

Doch unmöglich in Toledo.
Wirst gebären, rot von Wangen,
Eine Tochter: wird sie Nonne,
Wird sie wohl auch einst Prälatin.

Wenn dein Gatte nicht verscheidet
Noch im Lauf von dreißig Tagen,
So bekommt ihn noch zum Richter
Burgos oder Salamanka.

Hast ein Muttermal! wie lieblich!
Jesus! wie der Mond so glanzhell!
Welch ein Glanz! bei Antipoden
Dringt er noch in dunkle Tale!

Ihn zu sehn gäb mancher Blinder
Mehr als einen halben Taler!
Und jetzt lächelst du darüber;
Ah, wie steht dir das so artig!

Aber hüte dich, zu stürzen,
Und nach hinten zu vor allem;
Denn solch Fallen ist gefährlich
Für die angesehnen Damen.

Vieles gäbs noch auszusprechen;
Willst du bis zum Freitag warten,
Wirst du's hören und dich freuen,
Doch auch grollen über manches.

Damit schloß Preziosa ihre Prophezeiung, die in allen
Anwesenden den Wunsch geweckt hatte, gleichfalls ihr
Glück zu erfahren. Daher baten sie insgesamt, auch ihnen
wahrzusagen, aber Preziosa verwies sie auf den kommenden
Freitag, und sie versprachen, Silberrealen zur Zeichnung des

Kreuzes mitzubringen. Unterdes kam der Herr Stadtschultheiß, dem man von der kleinen Zigeunerin Wunder über Wunder erzählte. Er ließ sie und ihre Gefährtinnen ein wenig tanzen, erklärte das Preziosa erteilte Lob für gerecht und verdient, fuhr mit der Hand in die Tasche und machte Miene, ihr etwas zu geben. Als er die Tasche jedoch zu wiederholten Malen durchstöbert, gerüttelt und geschüttelt hatte, zog er endlich die Hand leer heraus und rief: „Bei Gott, ich habe keinen Quarto! Doña Clara, gebt Ihr doch Prezioschen einen Real, ich werde ihn Euch wiedergeben."

„Vortrefflich, Bester, da müßte ich erst einen haben! Wir alle zusammen haben keinen Viertelreal aufbringen können, um das Zeichen des Kreuzes damit zu machen, und Ihr verlangt einen ganzen von uns!"

„Nun, so gebt ihr einen Eurer Hemdkragen oder irgend etwas; Preziosa kommt ja noch einmal zu uns, und dann wollen wir sie besser bedenken."

„Aber damit sie wiederkommt," versetzte Doña Clara, „will ich ihr diesmal lieber gar nichts geben."

„Nein," entgegnete Preziosa, „wenn ich nichts erhalte, so komme ich auch niemals wieder. Oder doch, ich will wiederkommen, um so vornehmen Herrschaften einen Gefallen zu tun, aber ich finde mich schon im voraus darein, daß ich auch dann nichts erhalte, und erspare mir so die Mühe, auf etwas zu hoffen. Laßt Euch brav schmieren, Herr Stadtschultheiß, laßt Euch schmieren, so werdet Ihr Geld haben; führt keine neuen Sitten ein, sonst sterbt Ihr Hungers. Ich habe immer gehört, Euer Gnaden, (und so jung ich bin, so weiß ich doch, daß es kein gar gutes Wort ist) man müsse aus den Ämtern Geld ziehn, um bei den Visitationen die Strafen zahlen und neue Ämter erwerben zu können."

„So sprechen und handeln gewissenlose Leute," erwiderte der Stadtschultheiß; „ein Richter, der bei der Visitation gut besteht, braucht keine Strafe zu zahlen, und hat er sein Amt gut verwaltet, so spricht das genug für ihn, wenn er ein neues sucht."

„Euer Gnaden reden wie ein Heiliger," entgegnete Preziosa. „Fahrt so fort, und man wird Euch die Lumpen als Reliquien vom Leibe schneiden."

„Was du nicht alles weißt, Preziosa!" sagte der Stadtschultheiß. „Sei nur ruhig, ich werde es einzurichten wissen, daß die Majestäten dich vor sich kommen lassen, denn du bist eine Ware für Könige."

„Sie werden mich zur Hofnärrin haben wollen," versetzte Preziosa, „und dazu bin ich verdorben. Wünschen sie mich aber, weil ich gescheit bin, so brauchen sie mich nur holen zu lassen; doch in manchen Palästen gedeihen die Narren besser als die Gescheiten. Übrigens befinde ich mich als arme Zigeunerin wohl, und das Schicksal mag alles fügen, wie der Himmel es will."

„He, Kleine," rief die alte Zigeunerin, „schwatze nicht weiter, du hast genug geredet und weißt mehr, als ich dich gelehrt habe. Machs nicht zu fein. Allzu scharf macht schartig! Sprich von dem, was sich für deine Jahre schickt, und fliege mir nicht zu hoch hinaus, denn Hochmut kommt vor dem Fall."

„Die Zigeunerinnen haben den Teufel im Leib!" sagte der Stadtschultheiß.

Sie nahmen Urlaub; aber ehe sie gingen, sagte das Mädchen, das den Fingerhut hergegeben hatte: „Preziosa, sag mir wahr oder gib mir den Fingerhut zurück, denn ich habe keinen andern für meine Arbeit."

„Werte Jungfer," antwortete Preziosa, „bildet Euch ein, ich hätte Euch schon prophezeit, und verschafft Euch einen andern Fingerhut, oder näht an Euren Säumen bis zu unserm Wiedersehn am nächsten Freitag gar nichts; da will ich Euch dann mehr Glück und Begebenheiten prophezeien, als ein ganzer Ritterroman enthält."

So gingen sie und schlossen sich den vielen Bäuerinnen an, die zur Zeit des Ave-Maria Madrid zu verlassen pflegen, um in ihre Dörfer zu ziehn. Einige gehörten zu ihren gewöhnlichen Begleiterinnen, an die sie sich anzuschließen pflegten, da die alte Zigeunerin in beständiger Angst lebte, man könnte ihr Preziosa entführen.

Nun geschah es, daß sie eines Morgens auf der Wanderung nach Madrid, als sie dort wieder einmal mit den übrigen Zigeunerinnen ihre Steuer erheben wollten, in einem etwa fünfhundert Schritt von der Stadt entfernten kleinen Tal einen hübschen jungen Mann in reicher Reisekleidung erblickten. Sein Degen und sein Dolch glühten ordentlich von Gold; der Hut war mit einer kostbaren Schnur und vielfarbigen Federn geschmückt. Die Zigeunerinnen blieben bei seinem Anblick stehn, um ihn in aller Gemächlichkeit zu betrachten, denn sie wunderten sich, einen so schönen Jüngling zu solcher Stunde an solchem Orte zu Fuß und allein zu treffen. Er trat auf sie zu und redete die alte Zigeunerin an: „Bei Eurem Leben, Mütterchen, tut mir den Gefallen und kommt mit Preziosa hier auf die Seite, um zwei Worte anzuhören, die Euch von Nutzen sein sollen."

„Wenn es nicht zu weit abführt und nicht zu lange aufhält, in Gottes Namen!" versetzte die Alte und rief Preziosa. Sie entfernten sich etwa zwanzig Schritte von den andern, worauf der junge Mann ohne weitere Einleitung also begann:

„Ich bin vom Geist und von der Schönheit Preziosens so hingerissen, daß ich trotz aller Anstrengungen, die ich machte, um es nicht so weit kommen zu lassen, immer mehr überwältigt wurde und immer weniger imstande war, Widerstand zu leisten. Meine Gebieterinnen (denn diesen Namen werde ich euch fortan geben, wenn der Himmel mein Vorhaben begünstigt), ich bin ein Ritter, wie euch mein Orden beweisen kann" – damit schlug er den Mantel zurück und zeigte auf der Brust eines der angesehensten Ordenskreuze Spaniens – „bin der Sohn des ....." (sein Name wird aus guten Gründen hier noch nicht genannt), „unter dessen Vormundschaft und Obhut ich stehe; sein einziger Sohn, der ein ansehnliches Erbe zu erwarten hat. Mein Vater bewirbt sich hier am Hofe um ein Amt, für das er schon vorgeschlagen ist und das er so gut wie sicher erhalten wird. Trotz des Standes und Adels, von dem ich rede und den ihr wohl auch ohne meine Worte schon erkannt habt, möchte ich schon jetzt ein großer Herr sein, um die Niedrigkeit Preziosens zu meiner Höhe erheben zu können, indem ich sie zu meiner Gemahlin und meinesgleichen mache. Ich bewerbe mich nicht um sie, um sie zu täuschen, wie denn in dem Ernst der Liebe, die ich für sie fühle, irgendein Trug nicht liegen kann. Ich will nur das, was ihr gefällt; ihr Wille ist der meinige. Ihr gegenüber ist meine Seele von Wachs, für jeden Eindruck empfänglich; aber dennoch wird sie den Eindruck bewahren, als sei er nicht in Wachs, sondern in Marmor gegraben, dessen Härte der Dauer der Zeit widersteht. Glaubt ihr mir dies, so wird sich meine Hoffnung durch nichts erschüttern lassen; glaubt ihr mir aber nicht, so wird mich euer Zweifel, selbst wenn ich eure Gunst gewinnen sollte, doch in ewiger Angst erhalten. Mein Name ist ...." (hier nannte er ihn); „den meines Vaters habe ich euch schon gesagt. Sein Haus steht in der und der Straße und hat die und die Kennzeichen. Ihr werdet Nachbarn finden, bei denen ihr Erkundigungen einziehen könnt; auch könnt ihr dies ebensogut bei solchen, die nicht zu unsern Nachbarn gehören, denn meines Vaters und mein eigner Name und Stand sind nicht so unansehnlich, daß man sie in den Höfen des Schlosses und überhaupt irgendwo in der Residenz nicht kennen sollte. Hier habe ich hundert Goldtaler, um sie euch als Aufgeld und Pfand dessen zu geben, was ihr noch von mir bekommen sollt; denn die Hand darf nicht zurückhalten, wenn das Herz einmal geschenkt hat."

Während der Kavalier also sprach, betrachtete ihn Preziosa aufmerksam, und augenscheinlich hatten ihr seine Worte und seine Gestalt nicht mißfallen. Sie wandte sich an die Alte und sprach: „Erlaubt mir, Großmutter, diesem verliebten Herrn selbst zu antworten."

„Antworte ihm, was du willst, Kind," erwiderte die Alte, „denn ich weiß, du bist zu allem verständig genug." Und Preziosa sprach:

„Herr Ritter, bin ich auch nur eine arme und niedrig geborene Zigeunerin, so habe ich doch ein etwas schwärmerisches Köpfchen, das mich zu großen Dingen hinzieht. Mich rühren weder Versprechungen, noch machen mich Geschenke wankend, noch erweicht mich Unterwürfigkeit, noch bringen mich Liebesworte außer Fassung, und wenn ich auch nach der Rechnung meiner Großmutter am kommenden Michaelistage erst mein fünfzehntes Jahr vollende, so bin ich dem Geist nach doch schon gereift und weiter, als mein Alter vermuten läßt, freilich eher durch Mutterwitz als durch Erfahrung. Aber beides sagt mir, daß die Regungen der Liebe in denen, die zum erstenmal verliebt sind, blind wütenden Stürmen gleichen, die den Willen aus seinen Angeln heben, so daß er alle Hindernisse niederwirft, töricht dem Ziel seiner Wünsche nachstürzt und, während er in den Himmel zu fliegen glaubt, den ihm seine Augen vorspiegeln, in die Hölle seines Unglücks fällt. Erreicht er das, was er wünscht, so schwindet der Wunsch mit dem Besitz des ersehnten Gegenstandes, und wohl ists möglich, daß sich dann die Augen des Verstandes öffnen und er nun verabscheut, was er früher angebetet hat. Diese Besorgnis macht mich so behutsam, daß ich keinen Worten glaube und bei gar vielen Taten mißtrauisch bin. Ich habe ein einziges Juwel, das ich höher schätze als das Leben selbst: das ist meine jungfräuliche Unschuld, und die mag ich weder um Versprechungen noch um Geschenke verkaufen, denn immer wäre sie schließlich verkauft; und wäre sie mir feil, so würde ich sie sehr gering anschlagen. Auch werden sie mir weder eine List noch Vorspiegelungen entreißen, und eher soll sie mit mir ins Grab oder vielleicht in den Himmel gehn, als daß ich sie der Gefahr aussetze, von Hirngespinsten und Träumereien verletzt zu sehn. Die Jungfräulichkeit ist eine Blume, die sich womöglich nicht einmal durch Gedanken berühren lassen sollte. Wie schnell und leicht verwelkt eine vom Strauch gebrochene Rose! Der eine betastet sie, der andre riecht daran, ein dritter zerblättert sie, und endlich verdirbt sie unter rohen Händen. Wenn Ihr, mein Herr, nur auf diese Beute ausgeht, so könnt Ihr sie nicht anders bekommen als gebunden mit den Schnüren und Banden der Ehe. Soll die Jungfräulichkeit sich beugen, so kann es nur unter diesem heiligen Joch geschehn, denn dann geht sie nicht verloren, sondern wird zu einem freien Geschenk, das seinerseits wiederum einen herrlichen Gewinn verspricht. Wollt Ihr mein Gatte sein, so werde ich Eure Gattin; dem müssen jedoch erst gar manche Bedingungen und Prüfungen vorangehn. Zunächst muß ich erforschen, ob Ihr das, was Ihr sagt, wirklich seid. Bestätigt es sich, so müßt Ihr das Haus Eurer Eltern verlassen und es mit unsern Hütten vertauschen; Ihr müßt Zigeunertracht anlegen und zwei Jahre lang in unsre Schule gehn. Inzwischen kann ich mich dann genügend über Eure Gemütsart unterrichten, sowie Ihr Euch über meine. Nach Ablauf dieser Frist will ich Euch, falls Ihr mit mir zufrieden seid, als Eure Gattin angehören; bis dahin aber werde ich im Umgang nur Eure Schwester und Eure gehorsame Dienerin sein. Auch müßt Ihr bedenken, daß Ihr in der Zeit dieses Noviziats vielleicht Eure Sehkraft wiedererlangt, die gegenwärtig geschwunden oder doch getrübt sein muß, und dann vielleicht gewahr werdet, wie sehr Ihr zu fliehen habt, was Ihr gegenwärtig mit so großem Eifer verfolgt. Erlangt Ihr aber die verlorene Freiheit wieder, so erhaltet Ihr durch aufrichtige Reue auch Verzeihung für jede Schuld. Wollt Ihr unter diesen Bedingungen als Schüler in unsre Schar eintreten, so steht es in Eurer Hand; aber keinen Finger der meinigen bekommt Ihr zu fassen, wenn Ihr gegen eine einzige Bedingung fehlt."

Der Jüngling staunte über Preziosens Worte und sah ganz verstört auf den Boden, während er allem Anschein nach über eine Antwort nachsann. Als Preziosa dies bemerkte, hob sie von neuem an:

„Es ist dies nicht von so geringer Bedeutung, daß es sich in den wenigen Minuten, die wir jetzt zur Verfügung haben, entscheiden ließe oder entschieden werden müßte. Kehrt in die Stadt zurück, mein Herr, und überlegt des weitern, was Ihr tun wollt. An dieser Stelle hier könnt Ihr mich an jedem Festtage sprechen, wenn ich nach Madrid gehe oder von dort zurückkomme."

„Als der Himmel mir die Liebe zu dir eingab, meine Preziosa," erwiderte der Edelmann, „beschloß ich, alles für dich zu tun, was du von mir fordern würdest, wobei mir freilich nicht in den Sinn kam, was du nun von mir verlangst. Da es jedoch dein Wille ist, daß ich mich dir füge und anschließe, so sieh mich von diesem Augenblick als einen Zigeuner an, denn du wirst in mir stets den gleichen finden, der sich dir jetzt zeigt. Sag mir nur, wann ich meine Kleidung vertauschen soll; ich wollte, es geschähe sogleich. Denn da ich eben Veranlassung hätte, nach Flandern zu gehn, so könnte ich meine Eltern jetzt am ehesten täuschen und mir auf einige Zeit Geld verschaffen; ich werde nur etwa acht Tage für die Vorbereitungen brauchen. Meine Reisegefährten will ich schon so hinters Licht führen, daß mir mein Vorhaben gelingt. Aber um eins bitte ich dich, wenn ich mich erkühnen darf, dich um etwas zu bitten und anzuflehen, daß du nämlich außer heute, da du über meinen und meiner Eltern Stand Erkundigungen einziehen wirst, nicht mehr nach Madrid gehst; denn ich möchte nicht, daß mich eine der unzähligen Gefahren, die dich dort umlauern, des teuer erkauften Glückes beraubte."

„Daraus wird nichts, mein schöner Herr," entgegnete Preziosa; „wisset ein für allemal, daß ich mir meine Freiheit unverkümmert vorbehalte und sie mir von keiner lästigen Eifersucht beeinträchtigen oder stören lasse. Freilich werde ich keinen übermäßigen Gebrauch davon machen, und Ihr werdet sehn, wie eng ich meine Sittsamkeit mit meiner Ungebundenheit zu verbinden weiß. Die erste Pflicht jedoch, die ich Euch auferlege, besteht darin, daß Ihr Vertrauen in mich setzt; denn laßt Euch gesagt sein: Liebhaber, die der Eifersucht nachgeben, sind entweder töricht oder vermessen."

„Du hast den Satan im Kopf, Mädchen!" rief hier die alte Zigeunerin; „du redest von Dingen, die kein Professor von Salamanka im Munde führt; du weißt von Liebe, von Eifersucht, von Vertrauen: wie kommt das? Steh ich doch vor dir wie eine Gans und höre dir zu wie einer, die in der Verzückung Lateinisch redet, ohne es gelernt zu haben."

„Schweigt, Großmutter," antwortete Preziosa, „und wisset, daß alles, was Ihr von mir hörtet, nur ein Kinderspiel ist im Vergleich zu den viel wichtigeren Dingen, von denen mir das Herz voll ist."

Preziosens Worte und der Geist, den sie verriet, gossen Öl in die Flamme, die in der Brust des verliebten Kavaliers entbrannt war. Endlich kam man überein, daß man sich nach acht Tagen an diesem Ort wiedersehn wollte; da sollte er dann vom Stande seiner Angelegenheiten Nachricht geben, und sie hätte inzwischen Zeit gefunden, sich von der Wahrheit seiner Angaben zu überzeugen. Der Jüngling zog eine Börse aus Goldstoff hervor, die, wie er sagte, hundert Goldtaler enthielt, und überreichte sie der Alten. Als Preziosa durchaus nicht zugeben wollte, daß die Zigeunerin sie annahm, bemerkte diese:

„Schweig, Kleine! Das sicherste Zeichen, daß der Herr sich gefangen gibt, liegt eben in der Auslieferung seiner Waffen an den Sieger. Zu schenken, sei es aus welcher Ursache es wolle, hat immer als Beweis eines großmütigen Herzens gegolten. Denk an das alte Sprichwort: ‚Von Gott soll mans bitten und in Scheffeln verschütten.' Überdies möchte ich nicht, daß die Zigeuner durch mich den seit Jahrhunderten behaupteten Ruf verlören, sie seien betriebsam und fürs Nehmen. Hundert Taler, meinst du, soll ich fahren lassen, die man in den Saum eines Rockes, der keine zwei Realen wert ist, einnähen und bei sich tragen kann wie eine Rente aus den Wiesen in Estremadura? Und wenn nun einer von unsern Söhnen, Enkeln oder Verwandten das Unglück hätte, der Justiz in die Hände zu fallen, könnte er eine bessere Fürsprache vor dem Ohr des Richters und Gerichtsschreibers finden, als wenn diese Taler in ihren

Beutel wandern? War ich doch schon dreimal wegen drei verschiedener Delikte eben daran, auf den Schandesel gesetzt und gestäupt zu werden; aber das eine Mal ermöglichte mir eine silberne Kanne den Rückzug, das andre Mal eine Perlenschnur und das drittemal vierzig schwere Realen, die ich für leichte eingewechselt hatte, wobei ich nur zwanzig in den Kauf zu geben brauchte. Bedenke, Kind, daß wir ein gar gefährlich Handwerk treiben voller Schwierigkeiten und Fallstricke, und daß es keine Hilfe gibt, die uns schneller zur Hand wäre und kräftiger unter den Arm griffe, als die unbesiegten Waffen des großen Philipp; denn über dies Nonplusultra geht nichts. Für eine Dublone mit ihren zwei Gesichtern klärt sich das griesgrämige des Prokurators und sämtlicher Diener des hochpeinlichen Gerichts auf, die wahre Stoßvögel für uns arme Zigeunerinnen sind und sich mehr darauf einbilden, uns zu rupfen und zu schinden, als einen Straßenräuber. Nie, so zerlumpt und erbärmlich sie uns auch sehn, halten sie uns für arme Leute, sondern sie sagen, wir seien wie die Wämser der Strauchdiebe aus Belmonte, zerrissen und schmutzig, aber voller Dublonen."

„Um des Himmels willen, Großmutter, hört auf, Ihr führt am Ende, um das Geld behalten zu dürfen, so viele Gesetze an, daß Ihr den römischen Kaiser überbietet. Behaltet es, wohl bekomms Euch, und wolle Gott, daß Ihr es in ein Grab senkt, wo es das Tageslicht nie wieder zu sehn bekommt noch zu sehn braucht. Unsern Begleiterinnen werden wir übrigens etwas davon abgeben müssen, denn sie warten schon lange auf uns, und sie werden verdrießlich geworden sein."

„Von diesem Geld sollen sie so wenig zu Gesicht bekommen", erwiderte die Alte, „wie vom Großtürken. Der gute Herr da sieht wohl nach, ob er noch einiges Silbergeld oder ein paar Viertelstücke hat; die will ich unter sie

31

verteilen, denn sie sind mit dem Geringsten zufrieden."

„Die habe ich," entgegnete der Liebhaber und zog drei schwere Realen aus der Tasche, die jene sofort unter die drei Zigeunermädchen verteilte und sie froher und zufriedener machte als einen Theaterdichter, den man nach einem Wettstreit an den Straßenecken als Sieger ausruft. – Es wurde also, wie schon gesagt, beschlossen, in acht Tagen wieder zusammenzukommen, den jungen Mann aber, falls er Zigeuner würde, den ‚Herren-Andres' zu nennen, weil es schon mehrere Zigeuner dieses Namens unter ihnen gab. Andres, denn so wollen auch wir ihn fortan nennen, wagte es nicht, Preziosa zu umarmen, übergab ihr aber mit einem Blick seine ganze Seele und machte sich, wenn man so sagen darf, ohne Seele auf den Weg nach Madrid; die andern folgten ihm in vergnügtester Stimmung. Preziosa, in der durch das gewinnende Wesen des Andres wenn auch noch keine Liebe, so doch eine gewisse Zuneigung geweckt war, wollte sich gern bald erkundigen, ob er wirklich der sei, für den er sich ausgab. Sie kam in die Stadt, und kaum war sie durch einige Straßen gegangen, als sie dem Pagen begegnete, von dem die Verse mit dem eingewickelten Goldtaler stammten. Sobald er ihrer ansichtig wurde, trat er auf sie zu und sprach: „Guten Tag, Preziosa; hast du vielleicht die Verse schon gelesen, die ich dir neulich gab?"

Preziosa erwiderte: „Ehe ich dir eine Antwort gebe, mußt du mir ohne allen Rückhalt und beim Leben dessen, was du am meisten liebst, etwas sagen."

„Einer solchen Beschwörung", entgegnete der Page, „kann ich nicht widerstehen, sollte mich meine Geschwätzigkeit auch das Leben kosten."

„Nun, ich wünsche von dir zu erfahren," antwortete Preziosa, „ob du etwa ein Dichter bist?"

„Wäre ich es, so müßte ich es zufällig geworden sein," versetzte der Page; „du mußt jedoch wissen, Preziosa, daß nur sehr wenige den Namen eines Dichters verdienen, und so bin denn auch ich keiner, sondern nur ein Liebhaber der Dichtkunst und brauche mir deshalb für meine eignen Zwecke keine fremden Verse zu erbetteln. Die ich dir neulich gab, sind von mir, und die ich dir jetzt gebe, ebenfalls; darum bin ich aber noch kein Dichter: davor soll mich Gott bewahren!"

„Ist es denn so schlimm, ein Dichter zu sein?" fragte Preziosa.

„Nicht schlimm," erwiderte der Page; „aber nur Dichter zu sein, das halte ich nicht eben für sonderlich gut. Man muß mit der Poesie verfahren wie mit einem höchst kostbaren Kleinod, das der Besitzer nicht jeden Tag bei sich trägt und nicht allen Leuten und bei jedem Schritte vorzeigt, sondern nur bei schicklicher Gelegenheit. Die Poesie ist ein wunderschönes Mädchen, keusch, sittsam, verständig, witzig und zurückhaltend, das sich in den Schranken der höchsten Klugheit bewegt. Es liebt die Einsamkeit, die Quellen sprechen mit ihm, die Fluren trösten es, die Bäume spielen mit ihm, die Blumen machen es froh; selbst aber erfreut und belehrt es alle, die mit ihm verkehren."

„Trotzdem", versetzte Preziosa, „habe ich gehört, sei das Mädchen sehr arm, ja fast eine Bettlerin."

„Im Gegenteil," antwortete der Page, „es gibt keinen Dichter, der nicht reich wäre; denn sie sind alle mit ihrer Lage zufrieden: eine Philosophie, zu der es nur wenige Menschen bringen. Was aber veranlaßt dich, Preziosa, mir diese Frage zu stellen?"

„Der Anlaß", erwiderte Preziosa, „war, daß mich bei meinem

Glauben an die Armut aller oder doch der meisten Dichter der in Eure Verse eingewickelte Goldtaler in Erstaunen setzte. Jetzt aber, da ich weiß, daß Ihr kein Dichter, sondern nur ein Liebhaber der Poesie seid, mögt Ihr vielleicht reich sein, obwohl ich dies bezweifle; denn da Euch ein Teil Eures Wesens treibt, Verse zu machen, so würde durch ihn auch Euer Vermögen draufgehn; denn man sagt, es gäbe keinen Dichter, der ein Vermögen, das er hat, zu erhalten und eins, das er nicht hat, zu erwerben wüßte."

„Aber ich gehöre nicht zu ihnen," entgegnete der Page; „ich mache Verse und bin weder arm noch reich; und ohne viel darauf zu achten oder Rechnung darüber zu führen, kann ich wie die Genueser bei ihren Gastmählern dem, dem ich wohl will, einen oder zwei Taler schenken. Nimm, kostbare Perle, dieses zweite Papier mit dem zweiten Taler darin, ohne dir Gedanken darüber zu machen, ob ich ein Dichter sei oder nicht. Denke und glaube nur, daß der, der dir dies gibt, gern den Reichtum des Midas hätte, um ihn dir schenken zu können."

Damit übergab er ihr ein Papier, in dem Preziosa den Taler wirklich fand, daher sagte sie:

„Dies Papier wird sicherlich sehr alt, denn es hat zwei Seelen; die eine ist der Taler, die andre sind die Verse, die immer voller Seelen und Herzen stecken. Der Herr Page wisse jedoch, daß ich nicht so viele Seelen bei mir haben mag, und nimmt Er nicht die eine zurück, so glaube Er auch nicht, daß ich die andre annehme; denn ich will ihm wohl, weil er ein Dichter ist, aber nicht etwa, weil er Geschenke austeilt. Unter dieser Beschränkung jedoch können wir eine dauernde Freundschaft schließen, denn an einem Taler, so stark das Wohlwollen auch sei, kann es eher einmal fehlen als an der Stimmung für eine Romanze."

„Steht es so," antwortete der Page, „und willst du, Preziosa, durchaus, daß ich arm sei, so verschmähe mindestens die Seele, die in diesem Papier enthalten ist, nicht; den Taler aber gib mir zurück, denn da ihn deine Hand einmal berührt hat, so werde ich ihn zeitlebens als eine Reliquie aufbewahren."

Preziosa nahm den Taler aus dem Papier und behielt nur dies zurück, ohne es jedoch auf offener Straße zu lesen. Der Page entfernte sich höchst zufrieden, denn er hielt Preziosa schon für gewonnen, da sie so freundlich mit ihm gesprochen hatte. Ihr aber lag jetzt vor allem daran, Andres' väterliches Haus zu suchen; sie wollte sich nirgends aufhalten noch tanzen und gelangte schnell in die ihr wohlbekannte Straße, in der das Gebäude liegen sollte. Als sie ungefähr bis in die Mitte gekommen war, warf sie einen Blick auf ein paar vergoldete Balkone, die man ihr als Kennzeichen genannt hatte. Dort stand ein Kavalier von etwa fünfzig Jahren, mit einem farbigen Ordenskreuz auf der Brust und von achtunggebietender Erscheinung. Kaum hatte er das Zigeunermädchen bemerkt, so rief er ihr zu: „Kommt herauf, Kinder, ihr sollt ein Almosen haben!"

Bei diesem Ruf eilten noch drei andre Herren auf den Balkon, unter denen auch Andres war, und als er Preziosa gewahr wurde, erblich er und verlor fast die Besinnung, so überraschend wirkte ihr Anblick auf ihn. Sämtliche Zigeunerinnen stiegen hinauf, mit Ausnahme der Alten, die unten blieb, um bei der Dienerschaft Erkundigungen darüber einzuziehn, ob Andres die Wahrheit gesagt hatte. Als die Mädchen den Saal betraten, sagte der alte Herr eben zu den übrigen: „Das ist ohne Zweifel die schöne junge Zigeunerin, die gegenwärtig in Madrid umherziehen soll."

„Sie ist es," erwiderte Andres, „und sie ist ohne Zweifel das schönste Geschöpf, das man je sah."

„So sagt man," entgegnete Preziosa, die jene Worte im Hereintreten gehört hatte; „aber man täuscht sich wahrlich um wenigstens die Hälfte meines wirklichen Wertes. Hübsch glaube ich freilich zu sein, aber daß ich so schön wäre, wie die Leute behaupten, das glaube ich nicht."

„Beim Leben meines Sohnes, meines Juanico," erwiderte der alte Herr, „du bist noch schöner als man sagt, niedliche Zigeunerin!"

„Und wer ist Euer Juanico?" fragte Preziosa.

„Der hübsche junge Mann da neben dir," erwiderte der Kavalier.

„Glaubte ich doch wahrhaftig," versetzte Preziosa, „Euer Gnaden schwüren bei einem Kind von zwei Jahren! Seht einmal, welch ein Don Juanico! Welch eine Pracht! Auf mein Wort, der könnte schon eine Frau nehmen; und nach den Linien auf seiner Stirne werden auch keine drei Jahre ins Land gehn, ehe er eine hat, und zwar ganz nach seinem Geschmack, falls er ihn bis dahin nicht verliert oder gegen einen andern umtauscht."

„Seht mir doch," bemerkte einer der Anwesenden, „was das Mädchen von Linien versteht!"

Unterdessen hatten sich die drei Begleiterinnen Preziosens in einen Winkel des Zimmers gedrängt, steckten die Köpfe zusammen und flüsterten, um nicht gehört zu werden, ganz leise miteinander.

„Mädchen," sagte Christina, „das ist der Herr, der uns heute früh die drei schweren Realen gegeben hat."

„Freilich, freilich," antworteten die andern, „aber wir wollen kein Wort darüber verlieren, wenn er selbst nichts sagt;

wissen wir doch nicht, ob er sich gern zu erkennen gibt!"

Während dies unter den dreien vorging, erwiderte Preziosa dem, der die Bemerkung über die Deutung der Linien in der Hand gemacht hatte: „Was ich nicht mit den Augen sehe, das sagt mir mein kleiner Finger. So weiß ich vom Herrn Juanico, ohne seine Hand gesehen zu haben, daß er ein wenig verliebt, ungestüm, vorschnell ist und gern Dinge verspricht, die unmöglich scheinen; und wolle Gott, daß er nicht etwa gar lügnerisch ist, denn das wäre das Schlimmste von allem. Er hat jetzt eine Reise an einen weit entfernten Ort zu machen; aber anders denkt der Rappe und anders der, der ihn sattelt. Der Mensch denkt, und Gott lenkt. Vielleicht vermeint er nach Oñez zu gehn und kommt nach Gamboa."

Da erwiderte Don Juan: „Wahrhaftig, Zigeunermädchen, du hast manches von meiner Gemütsart erraten; was aber die Neigung zum Lügen betrifft, so bist du auf ganz falschem Wege, denn ich rühme mich, in jedem Fall die Wahrheit zu sagen. In betreff der weiten Reise hast du wiederum recht; gefällt es Gott, so werde ich allerdings in vier oder fünf Tagen nach Flandern aufbrechen, und zwar trotz deiner Prophezeiung, daß ich den Weg verfehlen werde; denn ich hoffe nicht, daß mir unterwegs irgendein Unfall zustößt, der mich daran hindern könnte."

„Still, kleiner Herr!" erwiderte Preziosa. „Empfiehl dich Gott, so wird alles gut gehn, und sei versichert, daß ich nichts von dem, was ich zu wissen behauptet habe, wirklich wußte; und das ist auch weiter kein Wunder, denn da ich aufs Geratewohl allerlei herausschwatze, so treffe ich mitunter auch die Wahrheit. Jetzt möchte ich nur, ich könnte dich mit ebensoviel Erfolg überreden, nicht abzureisen, sondern ruhigen Herzens bei deinen Eltern zu bleiben und ihnen ein glückliches Alter zu bereiten; denn bei diesem Hin- und Herreisen nach Flandern kommt nichts Gutes heraus, besonders für junge Leute von so zartem Alter. Werde erst ein wenig älter, um die Beschwerden des Kriegs ertragen zu können, um so mehr, als du Krieg genug im eignen Hause hast und genug der Liebeskämpfe in deinem Herzen stürmen. Ruhig, ruhig, kleiner Brausekopf, und bedenke, was du tust, ehe du heiratest, uns aber gib ein Almosen um Gottes und deiner selbst willen; denn ich glaube wahrhaftig, du bist aus trefflichem Stamme; und kommt die Wahrhaftigkeit noch hinzu, so will ich, wenn sie sich erprobt hat, ein Jubellied anstimmen, weil ich in all meinen Angaben das Richtige getroffen habe."

„Ich sagte dir schon, mein Kind," entgegnete der Don Juan, der zum ‚Herren-Andres' werden sollte, „daß du in allem die Wahrheit triffst; nur in deiner Besorgnis, ich sei nicht sonderlich wahrheitsliebend, irrst du völlig. Das Wort, das ich dir im Felde gebe, halte ich in der Stadt und wo sonst du willst, ohne mich erst mahnen zu lassen; denn wer dem Laster der Lüge verfällt, darf sich für keinen Ritter achten. Mein Vater wird dir um Gottes und meinetwillen ein Almosen reichen; denn wahrlich, ich habe, was ich bei mir hatte, heute früh einigen Damen gegeben, die mir keine sonderlichen Zinsen zahlen werden, wenn sie, besonders die eine unter ihnen, so leichtfertig sind wie schön."

Als Christina das hörte, flüsterte sie den übrigen Zigeunerinnen ebenso heimlich wie das erstemal zu: „Kinder, ich will des Todes sein, wenn er da nicht die drei schweren Realen meint, die er uns heute morgen gegeben hat."

„Das kann nicht sein," erwiderte eine von ihnen, „denn er sagt ja, es seien Damen gewesen, was wir nicht sind, und da er so wahrhaftig zu sein behauptet, wird er auch hierin nicht lügen."

„Eine Lüge," antwortete Christina, „die niemandem zum Schaden, dem aber, der sie sagt, zu Nutz und Vorteil gereicht, ist nicht von so großer Bedeutung; übrigens sehe ich bei all dem noch nicht, daß wir einen Pfennig erhielten oder daß man uns tanzen ließe."

Inzwischen kam auch die alte Zigeunerin herauf und sprach: „Kind, mach daß du fertig wirst; es wird spät, und es gibt noch viel zu tun und noch mehr zu reden."

„Nun, was gibt es denn, Großmutter?" fragte Preziosa,

„einen Jungen oder ein Mädchen?"

„Einen Jungen, und einen hübschen," entgegnete die Alte; „komm, Preziosa, und du sollst deine Wunder hören."

„Wolle Gott, daß er keines jähen Todes sterbe!" erwiderte Preziosa.

„Alles wird gut gehn," versetzte die Alte, „besonders da die Geburt bis jetzt gehörig vor sich gegangen; und das Kind ist ein wahres Goldbübchen."

„Ist eine Dame in die Wochen gekommen?" fragte der Vater des Herren-Andres.

„Ja, mein Herr," erwiderte die Zigeunerin, „aber die Geburt fand so im stillen statt, daß niemand davon weiß als Preziosa und ich und noch jemand; und somit können wir nichts darüber verlauten lassen."

„Wir wollen auch nichts wissen," sagte einer der Anwesenden; „aber Gott gnade derjenigen, die ihr Geheimnis auf eure Zungen niederlegt und ihre Ehre eurem Beistand anvertraut."

„Wir sind nicht alle so schlimm," erwiderte Preziosa; „vielleicht gibt es eine unter uns, die sich der Verschwiegenheit und der Wahrheitsliebe ebensosehr rühmen kann wie der vornehmste Mann in diesem Saal. Kommt, Großmutter, man schlägt uns hier zu niedrig an, denn wahrhaftig, wir sind weder Diebe noch Bettler."

„Werde nicht böse," sagte der Vater, „denn wenigstens von dir, Preziosa, läßt sich, denke ich, Schlimmes nicht sagen; dein unschuldiges Gesicht bürgt für die Unschuld deines Treibens. Aber tu mir die Liebe, Prezioschen, und tanze ein wenig mit deinen Begleiterinnen. Ich habe da eine

Golddublone mit zwei Gesichtern, von denen jedoch keins dem deinigen gleichkommt, obwohl die Köpfe Königen angehören."

Kaum hatte die Alte das vernommen, so rief sie: „Auf, Mädchen, tummelt euch und macht den Herren ein Vergnügen!"

Preziosa ergriff die Schellentrommel, und sie tanzten ihre Wendungen und verschlungenen Schritte mit so viel Leichtigkeit und freiem Anstand, daß die Augen aller Zuschauer ihren Füßchen folgten, besonders die des Andres, die an Preziosas Füßen hingen, als fänden sie dort den Mittelpunkt ihres Himmels. Das Schicksal aber trübte ihm diesen Himmel plötzlich so, daß er sich in eine Hölle verwandelte, denn es traf sich, daß in der Lebhaftigkeit des Tanzes Preziosen das Papier entfiel, das ihr der Page gegeben hatte. Kaum aber war es gefallen, so hob jener Herr, der von den Zigeunerinnen eine so schlimme Meinung hatte, es auf, öffnete es unverweilt und rief:

„Vortrefflich! ein Sonettchen! haltet ein mit dem Tanze und hört mir zu, denn nach dem ersten Vers zu schließen, ist es gar nicht übel."

Preziosen war dies verdrießlich, da sie den Inhalt noch nicht kannte. Sie bat, man möchte es ihr ungelesen zurückgeben; der Eifer aber, mit dem sie darum bat, schärfte in Andres nur die Begierde, es zu hören. Kurz, der Kavalier las mit lauter Stimme diese Verse:

> Wenn Preziosa greift zum Spiel der Glocken
> Und in die Luft die süßen Klänge hallen,
> So läßt sie Perlen ihrer Hand entfallen,
> Und aus dem Munde streut sie Blütenflocken.
>
> Die Seele staunt, es steht das Herz erschrocken
> Vor dieses Geistes holdem Erdenwallen,

41

Den nach des Himmels staubentrückten Hallen
Die Unschuld und die Reinheit wieder locken.

Gefesselt führt sie an dem kleinsten Haare
Viel tausend Seelen, und von ihren Füßen
Hervor läßt Amor Pfeil um Pfeile fliegen.

Sie hellt und blendet mit dem Sonnenpaare,
Worin der Liebe ewge Throne liegen,
Und läßt auf höhern Glanz noch für sich schließen.

„Bei Gott!" rief der Kavalier, der vorgelesen hatte, „der Dichter, der dies schrieb, versteht sich auszudrücken!"

„Es ist kein Dichter," sagte Preziosa, „sondern ein sehr höflicher und freigebiger Page."

Bedenke, was du gesagt hast und was du sagen willst, Preziosa, denn es ist nicht sowohl ein Lob des Pagen wie ein Dolchstoß durch die Brust deines Zuhörers Andres. Willst du ihn sehn, Kind? Wende nur die Augen, und du wirst ihn ohnmächtig, mit Angstschweiß bedeckt auf dem Stuhl erblicken. Denke nicht, Mädchen, Andres liebe dich nur zum Scherz, und ihn verwunde und ängstige nicht die kleinste deiner Unbesonnenheiten! Um Gottes willen, tritt zu ihm hin und sage ihm ein paar Worte ins Ohr, die ihm zu Herzen gehn und ihn wieder zu sich bringen. Willst du das nicht, so bringe nur jeden Tag ein Sonett zu deinem Lobe zum Vorschein, und bald wirst du sehn, wohin ihn das führt.

All das begab sich wirklich so, denn als Andres dem Sonette lauschte, durchzuckten ihn tausend Bilder der Eifersucht. Er sank zwar nicht in Ohnmacht, aber er wurde so blaß, daß sein Vater es bemerkte und fragte: „Was ist dir, Don Juan? Du wechselst die Farbe, als wolltest du ohnmächtig werden."

„Keine Sorge!" rief Preziosa, „laßt mich ihm nur ein Wörtchen ins Ohr sagen, und Ihr werdet sehn, daß es zu keiner Ohnmacht kommt."

Damit trat sie auf ihn zu und flüsterte, beinahe ohne die Lippen zu bewegen: „Ein schöner Mut für einen Zigeuner! Wie willst du die Folter aushalten, Andres, wenn du nicht einmal ein Stück Papier erträgst?"

Zugleich machte sie ihm ein halb Dutzend Kreuze aufs Herz und trat zurück. Andres begann wieder zu atmen, was darauf schließen ließ, daß Preziosas Worte wohltätig auf ihn eingewirkt hatten. Kurz, sie erhielt die doppelköpfige Dublone und sagte ihren Gefährtinnen, sie werde sie wechseln lassen und ehrlich mit ihnen teilen.

Andres' Vater bat sie, ihm den Spruch, mit dem sie Don Juan zugesprochen hatte, aufzuschreiben, da er ihn für alle Fälle zur Hand haben möchte. Sie erwiderte, sie wolle ihm die Worte gern angeben, er dürfe versichert sein, obwohl sie scheinbar nur Unsinn seien, besäßen sie doch die besondere Kraft, Ohnmachten und Schwindel zu vertreiben. Sie lauteten also:

Köpflein, du hast selbst die Schuld;
Woll dich nicht so sehr erhitzen,
Und erwähle, dich zu stützen,
Die gesegnete Geduld.
Rascher Mut
Kühle dein Blut.
Wolle nicht wanken
Zu schlimmen Gedanken,
Und bald wirst du Wunder sehn,
Wie sie nicht zu oft geschehn.
Somit Gott gepriesen
Und Sankt Christoph, den Riesen!

„Nur die Hälfte dieses Spruches", sagte Preziosa, „braucht

man dem Ohnmächtigen zuzuflüstern, indem man sechsmal das Zeichen des Kreuzes macht, so ist er alsbald wieder frisch wie ein Apfel."

Als die alte Zigeunerin diesen angeblichen Segen hörte, war sie ganz erstaunt, und noch mehr war es Andres, der wohl sah, daß alles nur eine Erfindung ihres schnell besonnenen Geistes war. Das Sonett behielt man zurück, weil Preziosa es nicht fordern mochte, um Andres nicht neue Qualen zu bereiten; denn ohne daß man es sie gelehrt hatte, wußte sie bereits, was es heißt, wenn man einem Liebenden, der sich ganz hingibt, die Angst und Pein und die Schrecken der Eifersucht einflößt. Als die Zigeunerinnen Abschied nahmen, sagte sie zu Don Juan: „Bedenkt, mein Herr, daß jeder Tag dieser Woche für Eure Abreise günstig und keiner unheilvoll ist; beschleunigt Euren Aufbruch, so sehr Ihr könnt, denn es wartet Euerer ein reiches, freies und gar angenehmes Leben, falls Ihr Euch ihm bequemen wollt."

„Mir scheint im Gegenteil," erwiderte Don Juan, „als böte das Soldatenleben mehr des Zwanges als der Freiheit; aber ich will sehn, wie ich mich dahinein schicke."

„Ihr werdet mehr sehn, als Ihr denkt," entgegnete Preziosa; „Gott schütze und erhalte Euch, wie Euer gutmütiges Gesicht es verdient."

Diese letzten Worte heiterten Andres auf, die Zigeunerinnen aber waren voller Freude; sie ließen die Dublone wechseln und verteilten sie gleichmäßig unter sich, nur daß die Alte, wie von allen Sammlungen, anderthalb Teile bekam, und zwar erstens ihrer hohen Jahre wegen, und zweitens weil sie die Magnetnadel war, nach der die andern sich auf dem hohen Meer ihrer Tanzkünste, Scherze und Schelmenstücke richteten.

Endlich kam der Morgen, an dem sich der Herren-Andres in aller Frühe auf einem gemieteten Maultier, ohne irgendeinen Bedienten, an dem Orte einstellte, wo wir ihn zuerst gefunden haben. Dort traf er Preziosa und deren Großmutter, die ihn voll Freuden empfingen. Er bat, sie möchten ihn vor Anbruch des Tages nach dem Lager führen, damit man nicht auf seine Spur geriete, falls man ihn etwa suchen sollte. Sie, die vorsichtig genug gewesen waren, allein zu kommen, traten sofort den Rückweg an und gelangten in kurzer Zeit mit ihm zu ihren Hütten. Andres ging in eins der Zelte, das größte des Lagers, und alsbald eilten zehn bis zwölf Zigeuner zu seinem Empfang herbei, insgesamt junge, starke, wohlgestaltete Leute, denen die Alte den neuen Gefährten, der kommen sollte, schon gemeldet hatte. Verschwiegenheit brauchte sie ihnen dabei nicht erst besonders zu empfehlen, da sie Geheimnisse stets gewissenhaft und klug bewahren. Sie warfen zugleich ein Auge auf das Maultier, und einer sagte: „Das kann man am Donnerstag in Toledo verkaufen."

„Nein," erwiderte Andres, „denn es gibt keinen Maultiertreiber in Spanien, der nicht jedes gemietete Maultier auf den ersten Blick kennte."

„Bei Gott, Herr Andres," versetzte einer von den Zigeunern, „hätte das Tier auch mehr Zeichen an sich als dem jüngsten Tage vorausgehen werden, wir würden es hier schon so verwandeln, daß es weder die Mutter, die es geboren, noch der Herr, der es aufgezogen hat, mehr erkennen sollten!"

„Trotzdem", entgegnete Andres, „muß diesmal meine Meinung entscheiden: das Tier muß sterben und wird so verscharrt, daß auch kein Knochen von ihm je wieder zum Vorschein kommt."

„Das wäre eine große Sünde," bemerkte ein anderer

Zigeuner. „Einem Unschuldigen soll man das Leben nehmen? Sprecht nicht so, guter Andres, sondern merkt auf: Betrachtet das Tier genau, prägt Euch all seine Kennzeichen recht ins Gedächtnis ein und laßt es mich dann fortnehmen: erkennt Ihr es in zwei Stunden noch wieder, so mag man mich peitschen wie einen entlaufenen Neger."

„Ich kann durchaus nicht zugeben," sagte Andres, „daß das Tier am Leben bleibe, und wenn Ihr mir noch so viel von seiner Verwandlung erzählt. Solange die Erde es nicht bedeckt, bin ich in Gefahr, entdeckt zu werden; handelt es sich aber um den Nutzen, der aus seinem Verkauf zu gewinnen wäre, so trete ich keineswegs so arm unter meine neuen Kameraden, um nicht als Eintrittsgeld den Wert von vier Maultieren erlegen zu können."

„Nun, wenn der Herr Andres es durchaus will," erwiderte ein andrer Zigeuner, „so möge das Unschuldige sterben, und Gott weiß, daß es mir leid tut sowohl um seine Jugend, denn es hat noch seine Füllenzähne, was man bei einem Mietsmaultier fast niemals trifft, wie auch, weil es einen guten Schritt haben muß, denn es hat keine Striemen in den Weichen und keine Sporenmäler."

Sein Tod wurde indessen bis auf den Abend verschoben, und der Rest des Tages wurde für die Feierlichkeiten verwandt, unter denen Andres im Volk der Zigeuner aufgenommen wurde. Sie bestanden in folgendem: Man räumte ihm eins von den größten Zelten des Lagers ein, schmückte es mit Zweigen und Zypergras, ließ den Ankömmling auf dem Stumpf eines Korkbaumes Platz nehmen, gab ihm einen Hammer und ein paar Zangen in die Hand und ließ ihn beim Klang zweier von Zigeunern gespielten Gitarren zwei Luftsprünge machen. Dann entblößte man ihm den einen Arm und gab ihm mit einem neuen seidenen Band und einem Stöckchen zwei leichte

Streiche. Bei all dem waren Preziosa und viele andre alte und junge Zigeunerinnen zugegen; die einen betrachteten ihn mit Bewunderung, die andern mit geheimer Neigung; denn so gefällig war seine Gestalt, daß sie selbst Zigeunern Liebe einflößte. Als die Zeremonien vorüber waren, nahm ein alter Zigeuner Preziosen bei der Hand, führte sie Andres vor und sprach: „Dieses Mädchen, die Blume und den Ausbund aller Zigeunerschönheit in Spanien, übergeben wir dir zum Weibe oder zur Liebsten, denn hierin kannst du tun, was am meisten nach deinem Geschmack ist; unser reiches, freies Leben ist keinen Zierereien und Förmlichkeiten unterworfen. Betrachte sie genau und sieh, ob sie dir recht ist, oder ob du irgend etwas an ihr bemerkst, was dir mißfällt; denn dann wähle dir unter den andern Mädchen, die hier stehn, diejenige aus, mit der du am meisten zufrieden bist, und wir werden sie dir überlassen. Wisse aber, wenn du sie einmal gewählt hast, so darfst du sie nicht um einer andern willen wieder verlassen oder mit andern, sei es Verheirateten oder Mädchen, zusammenhalten, denn wir beobachten das Gesetz der Freundschaft unverbrüchlich. Keiner streckt die Hand nach dem Gute des andern aus, wir leben frei und ledig von der Pest der Eifersucht, und gibt es auch manche Ehe unter Blutsverwandten, so gibt es doch keinen Ehebruch bei uns. Kommt bei einem Eheweib oder bei einer Liebsten eine Untreue vor, so gehen wir nicht erst vor Gericht, um Strafe zu fordern, sondern wir selbst sind die Richter und Nachrichter unsrer Weiber und Liebsten, die wir so ohne alle Umstände auf den Bergen und in den Wüsten umbringen und begraben, als wären sie schädliche Tiere. Da gibt es keinen Verwandten, der Rache für sie nähme, keine Eltern, die uns wegen ihres Todes verklagten. So wird durch Angst und Furcht die Zucht unter den Frauen erhalten, und wir selber leben in Sicherheit. Außer der Frau oder der Liebsten jedoch, die stets dem verbleibt, dem sie durch das

Schicksal zufiel, haben wir wenig, was nicht gemeinsames Eigentum wäre. Außer dem Tod aber scheidet bei uns auch das Alter den Ehebund. Wer will, kann, falls er selbst jung ist, eine alte Frau verlassen und eine andre wählen, die dem Geschmack seiner Jahre mehr zusagt. Durch diese und einige andre Gesetze und Bedingungen halten wir unsre Gesellschaft aufrecht und leben in Freuden. Wir sind die Herren der Felder, der Äcker, der Wälder, der Berge, der Quellen und Flüsse. Die Berge geben uns unentgeltlich Holz, die Bäume Obst, die Reben Trauben, die Gärten Gemüse, die Quellen Wasser, die Flüsse Fische, die Gehege Wildbret, die Felsen Schatten, die Schluchten Kühlung, die Höhlen Häuser. Für uns sind die Unbilden der Witterung Erfrischungen, der Schnee dient uns zur Erquickung, der Regen zum Bade, der Donner als Musik, der Blitz als Fackel. Für uns ist die harte Erde ein weiches Federbett, die schwielige Haut unsres Leibes dient uns als undurchdringlicher Harnisch; für unsre Gewandtheit sind weder Gitter ein Hindernis, noch halten uns Gräben zurück, noch können Mauern uns bannen. Unsern Mut fesseln weder Stricke, noch schüchtern ihn Fußblöcke ein, noch ersticken ihn Daumenschrauben, noch bändigt ihn der Pranger. Zwischen Ja und Nein machen wir, wenn unser Vorteil es heischt, keinen Unterschied. Stets setzen wir eine größere Ehre darein, Märtyrer als Bekenner zu sein. Für uns wachsen die Lasttiere auf den Feldern auf, und für uns schneidet man in den Städten die Taschen zurecht. Kein Adler noch irgendein anderer Raubvogel stürzt schneller auf seine Beute, als wir uns auf die Gelegenheit stürzen, aus der wir Nutzen zu ziehen gedenken. Kurz wir sind in manchen Dingen geschickt, die uns ein glückliches Ende sichern, denn im Gefängnis singen, am Pranger schweigen wir, bei Tag arbeiten und bei Nacht stehlen wir, oder besser, wir warnen die Leute, daß keiner sein Eigentum unordentlich hinwerfe, wo er gerade gehe und stehe. Uns plagt keine

Angst, unsre Ehre einzubüßen, noch raubt uns die Sucht, sie zu mehren, den Schlaf. Wir brauchen uns keine Gönner zu gewinnen noch früh aufzustehen, um Bittschriften zu überreichen; wir brauchen keinen großen Herren das Geleit zu geben, noch um Gunstbezeigungen zu betteln. Diese Hütten und tragbaren Zelte sehen wir an als goldne Dächer und prächtige Paläste; statt der Gemälde und niederländischen Landschaften betrachten wir die Reize der Natur in diesen hohen Klippen und beschneiten Kuppen, diesen weit gedehnten Wiesen und dichten Gesträuchen, die sich unserm Blick bei jedem Schritte bieten. Zu Astronomen werden wir von selbst, denn da wir fast immer im Freien schlafen, so wissen wir jederzeit, welche Stunde des Tages oder der Nacht es ist. Wir sehn, wie die Morgenröte die Sterne des Himmels verdrängt und zertritt und mit ihrer Gefährtin, der Tagesdämmerung, emporsteigt, Freude in der Luft, Kühlung im Wasser und Feuchte auf der Erde verbreitend, und dann die Sonne, die ,Wipfel vergoldend' (wie ein Dichter sagt) ,und die Berge umzitternd'. Wir fürchten nicht zu erfrieren, wenn sie fern ist und uns nur mit schrägen Strahlen trifft, und ebensowenig zu verbrennen, wenn sie senkrecht auf uns herabbrennt. Der Sonne wie dem Frost, der Unfruchtbarkeit wie dem Überfluß bieten wir gleichermaßen die Stirn, kurz wir sind Leute, die durch ihre Kunst auf ihr Glück hin leben, ohne uns um das alte Sprichwort zu kümmern: Kirche, Meer oder Königshaus[2]. Wir haben, was wir wollen, weil wir mit dem zufrieden sind, was wir haben. All das aber sage ich Euch, edler Jüngling, damit Ihr das Leben, in das Ihr eintretet, und die Art, wie Ihr Euch zu benehmen habt, nach dieser meiner kurzen Schilderung ein wenig kennen lernt; noch gar viel andres, das der Beachtung nicht minder wert ist, als das, was Ihr soeben vernommen habt, werdet Ihr in Zukunft bei uns finden."

Der beredte alte Zigeuner verstummte, und der Novize entgegnete, er freue sich sehr, so löbliche Gesetze vernommen zu haben; er gedenke allerdings in einen so sehr auf Vernunft und Staatsklugheit gegründeten Orden zu treten, und er bedaure nur, nicht schon früher Kunde von einem so lustigen Leben erhalten zu haben; so entsage er denn in diesem Augenblick dem Stande eines Ritters und dem eitlen Ruhme der erlauchten Abkunft; er stelle alles unter das Joch, oder besser, unter die Gesetze, nach denen seine neuen Freunde lebten, da sie seinen Wunsch, ihnen zu Diensten zu sein, durch eine so hohe Belohnung anerkannt und ihm die göttliche Preziosa zugesprochen hätten, um derentwillen er Kronen und Kaiserreichen entsagen oder sie doch einzig begehren würde, um sie ihr zu Füßen zu legen.

Preziosa erwiderte: „Haben es auch die Herren Gesetzgeber kraft ihrer Gesetze für richtig erfunden, daß ich die Deine sei und mich dir übergebe, so habe doch ich durch das Gesetz meines eignen Willens (und das ist stärker als alle) bestimmt, daß ich es nur unter den Bedingungen sein will, die wir beide vor deiner Ankunft an diesem Ort miteinander verabredet haben: zwei Jahre lang mußt du in unsrer Gesellschaft leben, ehe du in meinen Besitz gelangst, damit nicht du nachher einen vorschnellen Schritt zu bereuen hast und ich durch Übereilung ins Unglück gerate. Persönliche Bedingungen brechen das allgemeine Gesetz; du weißt, welche ich dir auferlege, und willst du sie beobachten, so werde ich vielleicht die Deine und du der Meine. Willst du nicht, so ist ja dein Maultier noch nicht getötet, deine Kleider sind unversehrt, und von deinem Gelde fehlt kein Pfennig. Noch bist du keinen Tag aus deinem Hause fort, verwende die Zeit bis zur Nacht, um zu überlegen, was du tun sollst. Diese Herren können dir wohl meinen Leib, aber nicht meine Seele übergeben; die ist frei, wurde frei geboren und soll frei bleiben, so lange es mir gefällt. Bleibst du hier, so werde ich dich schätzen; kehrst du zurück, so werde ich dich deshalb nicht geringer achten, denn mir scheint, die Leidenschaft jagt verhängten Zügels davon, bis sie auf die Vernunft oder auf eine Enttäuschung trifft; und ich möchte nicht, daß du es mit mir machtest wie der Jagdhund, der den verfolgten Hasen kaum erreicht und gefaßt hat, so läßt er ihn wieder fahren, um einem andern nachzulaufen, der ihm weit voraus ist. Die Augen sind bisweilen geblendet, so daß sie auf den ersten Blick Rauschgold von echtem Golde nicht unterscheiden, aber gar bald erkennen sie den Unterschied zwischen dem Wahren und Falschen. Weiß ich, ob dir die Schönheit, die du mir zuschreibst und über Sonnenlicht und Gold erhebst, bei näherem Betrachten nicht als glanzlos und bei der Prüfung als Tombak erscheinen wird? Zwei Jahre gebe ich dir, um zu erwägen und herauszufinden, was du tun oder lassen sollst; hast du einmal zugegriffen, so kannst du es nur durch den Tod wieder rückgängig machen. Daher ist es gut, daß du Zeit hast, und lange Zeit, um den Gegenstand deiner Wahl zu betrachten und zu prüfen und Fehler und Tugenden an ihm zu entdecken. Denn ich erkenne das barbarische und vermessene Vorrecht nicht an, das meine Vettern da sich nehmen, die ihre Frauen verstoßen oder mißhandeln, wenn sie ihrer überdrüssig werden. Da ich nichts zu tun gedenke, was Züchtigung verdient, so mag ich auch keinen Gefährten, der mich nach Belieben wegschicken könnte."

„Du hast recht, Preziosa," entgegnete Andres; „willst du also, daß ich dir deine Besorgnis und deinen Argwohn nehme, indem ich dir schwöre, nicht um Haaresbreite deinen Anordnungen zuwiderzuhandeln, so sage nur, welchen Schwur du von mir verlangst, oder welches sonstige Sicherheitspfand ich dir geben soll; du wirst mich zu allem bereit finden."

„Schwüre und Versprechungen," erwiderte Preziosa, „die ein Gefangener ausspricht, um die Freiheit zu erlangen, werden selten erfüllt, wenn er sie erlangt hat. Und ebenso, glaube ich, ist es mit den Eiden der Verliebten, die die Flügel Merkurs und die Blitze Jupiters versprechen würden, um ihr Ziel zu erreichen; hat sie mir doch schon ein Dichter versprochen und noch dazu bei den stygischen Fluten geschworen. Ich verlange weder Eide noch Versprechungen, Herr Andres, sondern alles soll auf die Probe dieses Noviziats ankommen; ich werde schon auf meiner Hut sein, falls Ihr etwas Unrechtes gegen mich unternehmen solltet."

„So sei es!" antwortete Andres; „nur um eins bitte ich meine Herren Kameraden: daß sie mich nämlich nicht nötigen, vor Ablauf von etwa einem Monat zu stehlen, denn ich glaube, ich werde ein sehr schlechter Spitzbube sein, wenn ich nicht zuvor noch viele Lektionen genommen habe."

„Gemach, mein Sohn," rief der alte Zigeuner, „wir wollen dich schon so einfuchsen, daß du ein Meister im Handwerk werden sollst; und verstehst du es einmal, so wirst du genug Gefallen daran finden, um dir die Finger danach zu lecken. Wahrlich, es ist keine Kinderei, morgens leer auszuziehen und abends mit einer hübschen Tracht ins Lager zurückzukehren."

„Mit einer Tracht Prügel habe ich Leute, die leer auszogen, wohl auch schon zurückkehren sehn," bemerkte Andres.

„Wenn man Fische fängt, werden die Hände naß," antwortete der Alte. „Alles im Leben hat seine Gefahr; dem Spitzbuben drohen die Galeere, die Peitsche und der Galgen, aber wenn ein Schiff in einen Sturm gerät oder versinkt, sollen die andern deshalb die Fahrt aufgeben? Es wäre was Rechtes, wenn man keine Soldaten mehr halten wollte, weil der Krieg Menschen und Pferde frißt! Wir aber können um so weniger auf solche Dinge Rücksicht nehmen, als jeder, der von der Justiz gepeitscht wird, in unsern Augen ein Ordenskreuz auf dem Rücken trägt, das uns ehrenhafter dünkt als eines der vornehmen Kreuze auf der Brust. Die Hauptsache ist, daß man nicht schon in der Blüte der Jugend und gleich nach den ersten Verstößen mit des Seilers Tochter tanzt; aber so ein Fliegenstreich auf den Rücken oder eine Spazierfahrt auf der Galeere – das kann uns weiter nicht schrecken. Sohn Andres, bleibt immerhin für jetzt noch im Nest unter unsern Flügeln; wir wollen Euch schon eines Tages zum Fluge hervorziehen, und zwar an einem Ort, wo Ihr nicht ohne Beute zurückkehren sollt. Wie gesagt, Ihr werdet Euch noch die Finger nach jedem Diebstahl lecken."

„Als Ersatz für das, was ich in der Zeit stehlen könnte, da ich noch Urlaub habe," erwiderte Andres, „will ich jetzt unter sämtliche Mitglieder der Bande zweihundert Goldtaler verteilen."

Kaum hatte er dies ausgesprochen, als eine Schar Zigeuner auf ihn zustürzte, ihn auf die Schultern hob und ausrief: „Vivat, vivat der große Andres!" Und andre fügten hinzu: „Vivat, vivat Preziosa, sein geliebter Schatz!" Die Zigeunerinnen taten desgleichen mit Preziosen, nicht ohne in Christina und andern Zigeunermädchen einen gewissen Neid zu wecken, denn in den Lagern der Wilden und den Hütten der Schäfer findet der Neid seine Stätte so gut wie in den Palästen der Fürsten; und wenn ich einen Nachbar emporkommen sehe, während ich glaube, er habe nicht mehr Verdienst als ich, so ist das immer eine verdrießliche Sache.

Als das vorüber war, hielt man ein fröhliches Mahl, verteilte das Geld gerecht und billig, lobte Andres von neuem und erhob Preziosens Schönheit abermals zum Himmel. Die

Nacht kam; man tötete das Maultier durch einen Genickfang und verscharrte es so, daß Andres seine Besorgnis, es könnte ihn verraten, völlig beschwichtigt sah. Mit dem Tier begrub man das Geschirr: Sattel, Zaum und Gurt, wie bei den Indianern, die ihre kostbarsten Kleinode mit sich beerdigen lassen.

Andres war über alles, was er gehört und gesehn hatte, und über den feinen Geist der Zigeuner nicht wenig erstaunt. Er war entschlossen, sein Vorhaben durchzuführen, ohne sich jedoch auf die Gebräuche seiner Gefährten einzulassen; wenigstens wollte er sie auf jede mögliche Weise umgehen und hoffte, sich von dem ihm auferlegten Gehorsam in unsauberen Dingen mit Geld loskaufen zu können. Am folgenden Tage bat er sie, ihren Aufenthalt zu ändern und sich von Madrid zu entfernen, da er bei längerem Verweilen entdeckt zu werden fürchtete. Sie erwiderten, sie hätten bereits beschlossen, sich in die Berge von Toledo zu begeben und von dort aus die ganze Umgegend zu brandschatzen. Wirklich brachen sie das Lager ab und gaben dem Andres eine Eselin zur Reise; er zog es jedoch vor, zu Fuß zu gehn, und zwar als Diener Preziosas, die auf einer andern Eselin ritt. Sie freute sich des Triumphs, den sie über ihren schönen Stallmeister feierte, und er sah sich mit nicht minderem Entzücken an der Seite derer, die er zur Herrin seines Willens gemacht hatte. O mächtige Gewalt dessen, den man den süßen Gott der Bitterkeit nennt (ein Name, den ihm unser Müßiggang und unsre Sorglosigkeit gegeben), wie tyrannisch unterjochst und wie rücksichtslos behandelst du uns! Andres ist ein Kavalier und ein junger Mann von trefflichem Verstande, sein Leben lang in der Residenz und von seinen reichen Eltern mit aller Sorgfalt erzogen; aber seit gestern hat sich in ihm eine solche Wandlung vollzogen, daß er Dienern und Freunden entflieht, die Hoffnungen täuscht, die seine Eltern in ihn setzten, vom Wege nach

Flandern, wo er sich persönlich Ehre erwerben und den Ruhm seines Geschlechts mehren sollte, entweicht und sich als Diener einem jungen Mädchen zu Füßen wirft, das, wenn auch noch so schön, doch nur eine Zigeunerin ist! Aber es gehört zu den Vorrechten der Schönheit, daß sie selbst den ungebundensten Willen an einem Haare leitet.

Nach vier Tagen gelangten sie zu einem Flecken, zwei Stunden von Toledo, wo sie ihr Lager aufschlugen und zunächst dem Schulzen des Orts einige silberne Gerätschaften als Pfand dafür gaben, daß sie weder im Dorf noch auf dessen Markung einen Diebstahl begehn würden. Sofort zerstreuten sich sämtliche alte und einige junge Zigeunerinnen sowie die Männer in die umliegenden Ortschaften oder doch in solche, die nicht mehr als vier bis fünf Stunden von dem Flecken entfernt waren, bei dem sie ihr Lager aufgeschlagen hatten. Andres ging mit, um den ersten Unterricht im Stehlen zu nehmen; so viel Lektionen man ihm jedoch auf diesem Ausflug auch erteilte, es haftete keine bei ihm, vielmehr ging ihm jeder Diebstahl, den seine Lehrer verübten, seinem edleren Blute gemäß, durchs Herz, und bisweilen vergütete er sogar die von seinen Gefährten begangenen Diebereien mit seinem Gelde, denn er vermochte es nicht, die Tränen der Beraubten mitanzusehn. Darüber aber jammerten die Zigeuner sehr, und sie versicherten, solches widerstreite ihren Gesetzen und Verordnungen, die dem Mitleid den Eintritt in ihr Herz streng untersagten; sonst müßten sie aufhören, Spitzbuben zu sein, was sich nimmermehr für sie schicken würde. Als Andres dies hörte, sagte er, er wolle fortan für sich allein stehlen, ohne irgendwelche Gefährten mitzunehmen, denn er sei gewandt genug, um etwaigen Gefahren zu entgehen, und ihnen zu trotzen fehle es ihm nicht an Mut; er wünsche also, Gewinn und Strafe seiner Diebstähle sollten ihn allein treffen. Die Zigeuner suchten ihm diesen Vorsatz auszureden, indem sie ihm zu bedenken gaben, es könnten Fälle eintreten, in denen die Gesellschaft mehrerer sowohl zum Angriff wie zur Verteidigung nötig wäre, und eine Person allein könnte niemals große Beute machen. Allein je mehr sie sprachen, um so eifriger wünschte Andres auf eigne Faust Spitzbube zu sein, denn seine Absicht war, ohne Zeugen für sein Geld dies oder jenes zu kaufen und es für gestohlene Ware auszugeben, um auf diese Art sein Gewissen so rein zu erhalten wie möglich.

Durch diesen Kunstgriff hatte er denn wirklich in weniger als einem Monat der Bande mehr Nutzen gebracht, als vier der verschmitztesten Beutelschneider gemeinsam zu tun vermocht hätten, und Preziosa freute sich nicht wenig, in ihrem zarten Liebhaber einen so geschickten und aufgeweckten Spitzbuben zu finden. Dabei war sie jedoch beständig in Angst, es möchte ihm irgendein Unfall begegnen, denn um alle Schätze Venedigs hätte sie ihn nicht in Not wissen mögen, zumal sie sich infolge seiner vielen Liebesdienste und Gefälligkeiten einer wachsenden Zuneigung nicht erwehren konnte.

Sie blieben nicht viel länger als vier Wochen in dem Bezirk von Toledo, machten aber, obwohl es bereits September war, aus dieser Zeit ihren Erntemonat und zogen dann nach Estremadura, als einem reichen und warmen Lande. Andres führte mit Preziosa sittsame, verständige und liebeglühende Gespräche, und sie verliebte sich allmählich in den Verstand und das züchtige Benehmen ihres Freundes, wie er in ihres verliebt war. Hätte seine Liebe noch wachsen können, sie wäre gewachsen, so groß waren seiner Preziosa Sittsamkeit, Geist und Schönheit. Wo sie nur hinkamen, gewann er den Preis in Wettlauf und Tanz vor allen andern; im Ball- und Kugelspiel tat es ihm keiner gleich; den Ger warf er mit großer Kraft und ausgezeichneter Geschicklichkeit, und nach kurzer Zeit flog sein Ruhm durch ganz Estremadura, so daß es keine Ortschaft gab, wo man nicht von dem mannhaften Wesen des Zigeuners Andres, von seiner Anmut und Gewandtheit gesprochen hätte. Mit seinem Ruf aber hielt der Ruhm von der Schönheit des Zigeunermädchens gleichen Schritt, und bald blieb keine Stadt, kein Flecken und kein Dorf mehr übrig, wohin man sie nicht zur Verherrlichung der Kirchweihen oder andrer besonderer Festlichkeiten berufen hätte. Auf diese Art wurde die Bande reich, angesehen und zufrieden, und die Liebenden waren schon glücklich, sich nur sehen zu können.

Nun geschah es einst, als das Lager abseits von der Landstraße zwischen einigen Steineichen aufgeschlagen war, daß man gegen Mitternacht die Hunde mit ungewöhnlicher Heftigkeit bellen hörte. Einige Zigeuner, unter ihnen auch Andres, standen auf, um zu sehn, wen sie anbellten, und bald fanden sie einen weiß gekleideten Menschen, den zwei Hunde am Bein gepackt hielten, und der sich heftig gegen sie wehrte. Sie eilten hinzu, befreiten ihn, und einer von den Zigeunern rief: „Was zum Teufel treibt dich um diese Stunde und so abseits von der Straße hierher, du Bursche? Willst du vielleicht stehlen? Wahrhaftig, da bist du vor die rechte Tür gekommen!"

„Ich komme nicht, um zu stehlen," erwiderte der Gebissene, „und weiß nicht, ob ich auf der Straße bin oder nicht. Freilich sehe ich, daß ich mich verirrt habe; aber sagt mir, ihr Herren, ist ein Wirtshaus oder ein Hof in der Nähe, wo ich mich die Nacht über etwas erholen und für die Wunden sorgen könnte, die eure Hunde mir gebissen haben?"

„Ein Hof oder ein Wirtshaus," versetzte Andres, „in das wir Euch weisen könnten, ist nicht in der Nähe, aber um für Eure Wunden zu sorgen und Euch diese Nacht zu beherbergen, soll es Euch auch in unsern Hütten an keiner Bequemlichkeit fehlen. Kommt mit uns, denn sind wir auch nur Zigeuner, so versagen wir darum doch unsre Hilfe nicht."

„Gott vergelte es Euch," antwortete der Fremde; „führt mich, wohin Ihr wollt, denn der Schmerz in meinem Bein ermattet mich."

Andres und ein andrer mitleidiger Zigeuner (denn wie unter den Teufeln einige schlimmer sind als die andern, so gibt es unter vielen bösen Buben auch den einen oder andern besseren) nahmen ihn in ihre Mitte und führten ihn fort. Die Nacht war mondhell, und sie konnten sehn, daß der Fremde noch jung, von zartem Gesicht und Wuchs war. Er war ganz in weiße Leinwand gekleidet, und quer über den Rücken hing ihm eine Art Hemd oder Quersack, ebenfalls von Leinwand, die um die Brust gegürtet war. Man gelangte in Andres' Hütte, wo sogleich Feuer und Licht gemacht wurde; dann eilte Preziosas Großmutter herbei, um die Wunde, von der sie gehört hatte, zu verbinden. Sie nahm ein paar Haare von den Hunden, brühte sie in Öl und legte, nachdem sie zuvor die beiden Wunden im linken Beine des Gastes mit Wein gewaschen hatte, die Haare samt dem Öl in die Bisse ein, worauf sie noch ein wenig frischen, gekauten Rosmarin darauf tat, alles mit reiner Leinwand verband, das Kreuz darüber machte und dann sprach: „Schlaft, Freund; mit Gottes Hilfe wird es nun nicht von Bedeutung sein."

Während sie den Verwundeten verband, stand Preziosa daneben und schaute ihn mit unverwandtem Blicke an, wie er auch sie, so daß Andres seine Aufmerksamkeit nicht entging; er glaubte jedoch, nur ihre große Schönheit ziehe die Augen des Jünglings an. Als er verbunden war, ließ man ihn auf einem Lager von trocknem Heu allein und fragte ihn weder nach dem Ziele seines Weges noch sonst nach irgend etwas. Kaum aber hatten sie ihn verlassen, als Preziosa Andres zu sich rief und fragte: „Erinnerst du dich eines Papieres, das mir in deinem Hause entfiel, als ich mit meinen Begleiterinnen tanzte, und das dir, wie ich glaube, ziemlich verdrießlich war?"

„Wohl erinnere ich mich dessen," entgegnete Andres; „es war ein Sonett zu deinem Lobe, und zwar kein übles."

„Nun, du mußt wissen, Andres," erwiderte Preziosa, „daß der Verfasser des Sonetts dieser junge Fremde ist, den die Hunde gebissen haben, und den wir eben im Zelt verließen; ich täusche mich gewiß nicht, denn er hat in Madrid zwei- bis dreimal mit mir gesprochen und mir auch eine sehr gute Romanze geschenkt. Dort trug er sich, soviel ich sehen konnte, wie ein Page, jedoch nicht wie die gewöhnlichen, sondern wie einer, der von einem vornehmen Herrn besonders begünstigt wird. Und wahrhaftig, Andres, ich kann dir sagen, der junge Mensch ist sehr verständig und einsichtig und über die Maßen gesittet, so daß ich nicht weiß, wie ich mir seine Reise und seine Tracht erklären soll."

„Wie du dir das erklären sollst, Preziosa?" versetzte Andres. „Nicht anders, als daß die gleiche Gewalt, die mich zu einem Zigeuner machte, ihn, wie es scheint, in einen Müller verwandelt hat, um dich aufzusuchen. Ha, Preziosa, Preziosa, jetzt wird es mir klar, daß du dich rühmen willst, mehr als einen überwunden zu haben. Ist dies der Fall, so töte erst mich und dann diesen andern, aber opfere nicht uns beide zugleich auf dem Altar deiner Falschheit; denn ich kann nicht mehr sagen: deiner Schönheit."

„Bei Gott," entgegnete Preziosa, „du bist sehr leicht verletzt, Andres, und mußt deine Hoffnungen und den Glauben an mich an ein gar dünnes Haar gehängt haben, wenn das harte Schwert der Eifersucht deine Seele so leicht durchbohren kann. Sprich, Andres, wenn hier eine List oder ein Betrug im Spiel wäre, hätte ich nicht eher verschweigen müssen, wer dieser Jüngling ist? Bin ich so töricht, daß ich dir Anlaß geben sollte, meine Tugend und meine Aufrichtigkeit in Zweifel zu ziehn? Um des Himmels willen, schweig, Andres, und sieh, daß du morgen früh dem Gegenstand deines Schreckens das Geheimnis entlockst, wohin er gehe oder was er eigentlich suche; denn es wäre ja möglich, daß deine Vermutung ebenso falsch wäre, wie das, was ich von ihm gesagt habe, richtig ist. Und zu deiner noch größeren Beruhigung – da ich nun schon einmal so weit gekommen bin, für deine Ruhe sorgen zu müssen – verabschiede den jungen Menschen, welches auch die Art und Absicht seiner Reise sei, sogleich wieder und eile, daß er dir aus den Augen kommt. Die ganze Bande gehorcht dir ja, und niemand wird ihm gegen deinen Willen Aufenthalt im Zelt gewähren. Geschieht dies aber nicht, so gebe ich dir mein Wort, daß ich meine Hütte nicht verlassen und mich weder vor ihm noch vor irgend jemand werde blicken lassen, der dir nicht genehm ist."

Und sie fügte noch hinzu: „Sieh, Andres, es tut mir nicht weh, dich eifersüchtig zu sehn, aber es würde mir sehr weh tun, wenn ich dich nicht mehr mit deiner bisherigen Klugheit handeln sähe."

„Solange du mich noch nicht wahnsinnig siehst, Preziosa," erwiderte Andres, „wird dir nichts die bittere, furchtbare Angst der Eifersucht noch die Qualen meiner Brust verraten können; indessen will ich tun, was du mir gebietest, und ich will, wenn möglich, zu erfahren suchen, was dieser Herr Page und Dichter will, wohin er geht und was er sucht, denn vielleicht bekomme ich durch irgendeinen unvorsichtig von ihm hingeworfenen Faden den ganzen Knäuel in die Hände, mit dem er mich, wie ich fürchte, umgarnen wollte."

„Die Eifersucht," entgegnete Preziosa, „scheint mir, läßt den Verstand niemals so frei, daß er die Dinge beurteilen könnte wie sie sind. Sie sieht immer durch Brillen, die kleine Dinge groß, Zwerge zu Riesen und Vermutungen zur unzweifelhaften Gewißheit machen. Bei deinem und meinem Leben beschwöre ich dich, Andres, handle in dieser Angelegenheit sowie in allem, was unsre Übereinkunft betrifft, vorsichtig und klug. Tust du dies, so stehe ich meinerseits dafür ein, daß du mir den Preis der Sittsamkeit, Vorsicht und Offenheit wirst zuerkennen müssen."

Damit verabschiedete sie sich von Andres, der mit Verlangen dem Anbruch des Tages entgegensah, um dem Verwundeten seine Beichte abzunehmen. Die Seele voll tausend widersprechender Vorstellungen, vermochte er nicht, den Glauben zu bannen, der Page sei durch Preziosas Schönheit herbeigelockt worden; denn wer stiehlt, hält alle andern auch für Diebe. Er sagte sich jedoch, Preziosa habe ihm ein hinlänglich starkes Sicherheitspfand gegeben, so daß er sich beruhigen und sein ganzes Glück in die Hände ihrer Tugend legen könne.

Endlich brach nach, wie ihm schien, ungewöhnlich langem Zaudern der Tag an; er begab sich zu dem Fremden und fragte ihn, wie er heiße, wohin er gehe und warum er so spät und so abseits der Landstraße reise, doch hatte er sich zuvor nach seinem Befinden erkundigt und gefragt, ob die Bisse ihn noch schmerzten. Der junge Mensch erwiderte, er befinde sich nun besser und sei ohne allen Schmerz, so daß er sich wieder auf den Weg machen könne. Über seinen Namen und das Ziel seiner Reise sagte er weiter nichts, als daß er Alonso Hurtado heiße und in einer gewissen Angelegenheit zu „Unsrer Frau von Penna di Francia"[3] wandere. Um schneller dorthin zu kommen, reise er auch bei Nacht; er habe in der eben vergangenen den Weg verloren und sei zufällig in dieses Lager geraten, wo ihn die Wachthunde auf die geschilderte Art zugerichtet hätten. Andres hielt diese Erklärung keineswegs für wahrheitsgemäß; von neuem fuhr ihm sein Argwohn über die Seele, und er sprach:

„Freund, wäre ich Richter, und Ihr wäret wegen irgendeines Vergehens meiner Gerichtsbarkeit verfallen, so daß ich Euch diese Fragen stellen müßte, ich wäre durch Eure Antwort genötigt, Gewalt gegen Euch zu gebrauchen. Ich will jetzt nicht mehr wissen, wer Ihr seid, wie Ihr heißet und wohin Ihr geht; aber ich rate Euch: wenn es Euch auf dieser Reise von Nutzen sein sollte zu lügen, so bringt Eure Lüge wahrscheinlicher vor. Ihr sagt, Ihr reiset nach Penna di Francia und habt diesen Ort doch hier, wo wir sind, schon volle dreißig Stunden rechts hinter Euch. Ihr reiset bei Nacht, um schneller anzukommen, und streicht doch außerhalb der Straße unter Büschen und Bäumen umher, wo es kaum Fußpfade, geschweige denn Landstraßen gibt. Steht auf, Freund, lernet lügen und geht mit Gott. Aber werdet Ihr mir für den guten Rat, den ich Euch hiermit gebe, nicht eine Wahrheit sagen? Ich denke wohl, da Ihr Euch ja doch so schlecht aufs Lügen versteht! Sagt mir denn, seid Ihr vielleicht ein Mensch, so in der Mitte zwischen Page und Kavalier, den ich oft in der Residenz gesehen habe, wo er in dem Rufe eines großen Dichters stand und eine Romanze und ein Sonett an ein Zigeunermädchen richtete, das unlängst in Madrid umherzog und als eine ausgezeichnete Schönheit galt? Sagt mirs; ich verspreche Euch auf Zigeunerehre, Euer Geheimnis so gut zu bewahren, wie Ihr es nur wünschen könnt. Bedenkt, daß es zu nichts führen kann, wenn Ihr die Wahrheit leugnet, da ich Euer Gesicht, das ich vor mir sehe, sicher erkenne; denn natürlich veranlaßte mich der Ruf

Eurer ausgezeichneten Geistesgaben, Euch als einen seltenen und besondern Menschen mehr als einmal ins Auge zu fassen, und so habe ich mir denn Eure Gestalt so ins Gedächtnis eingeprägt, daß ich Euch wiedererkannte, obgleich Eure jetzige Tracht von Eurer damaligen so verschieden ist. Macht Euch deshalb keine Sorge, seid guten Muts und glaubt nicht unter einen Haufen Spitzbuben, sondern an einen Zufluchtsort geraten zu sein, an dem man Euch gegen die ganze Welt zu schützen und zu verteidigen weiß. Seht, ich denke mir etwas, und verhält es sich so, wie ich es mir denke, so hat Euch Euer guter Stern mit mir zusammengeführt. Ich denke mir nämlich, daß Ihr in Preziosa, das schöne Zigeunermädchen, auf das Ihr die Verse machtet, verliebt seid und hierherkamt, um sie aufzusuchen; ich schätze Euch darum auch nicht geringer, sondern um vieles höher. Bin ich auch nur ein Zigeuner, so weiß ich doch aus Erfahrung, wie weit die mächtige Gewalt der Liebe sich erstreckt, und welchen Verwandlungen sie alle unterwirft, die unter ihr Joch geraten. Verhält es sich wirklich so mit Euch, worüber denn wohl kaum ein Zweifel walten dürfte, so ist die kleine Zigeunerin hier."

„Ja, sie ist hier," erwiderte der Fremde, „ich habe sie heute nacht gesehn," – ein Wort, das Andres wie der Tod durchs Herz ging, denn es schien ihm seinen Argwohn zu bestätigen. „Ich habe sie heute nacht gesehn," fuhr der Jüngling fort, „aber nicht gewagt, ihr zu sagen, wer ich bin, weil es mir nicht geraten schien."

„So seid Ihr", rief Andres, „wirklich der Dichter, von dem ich sprach?"

„Ja, ich bin es," entgegnete der junge Mann, „ich kann und will es nicht leugnen. Vielleicht daß ich jetzt gerade da, wohin ich zu meinem Unglück gekommen zu sein glaubte, mein Glück finde, wenn anders man Treue in den Wäldern

63

und gastliche Aufnahme in den Bergen trifft."

„Die trifft man allerdings," versetzte Andres, „und überdies unter uns Zigeunern die größte Verschwiegenheit. In dieser Zuversicht könnt Ihr mir Euer Herz eröffnen, Herr, denn Ihr werdet in meinem nicht die geringste Arglist finden. Das Zigeunermädchen ist meine Verwandte und unterwirft sich, falls Ihr sie etwa zur Frau haben wollt, ganz dem, was ich ihr rate; ich und all ihre übrigen Verwandten, wir hätten Vorteil davon und würden es gern sehn. Wollt Ihr sie nur zur Freundin, so werden wir auch gegen einen Mann nicht sonderlich heikel sein, der Geld hat, denn nie verläßt die Habgier unser Lager."

„Geld habe ich," antwortete der Jüngling; „in den Ärmeln des Hemdes da, das ich mir um den Leib geknüpft, bringe ich vierhundert Goldtaler mit."

Das war für Andres ein zweiter Todesstreich, denn er glaubte, man werde nicht so viel Geld bei sich tragen, wenn man nicht eine teure Ware zu kaufen denke. Mit unsicherer Stimme sagte er:

„Das ist ein hübsches Sümmchen; Ihr braucht Euch nur noch zu entdecken, und dann ans Werk! Denn das Mädchen ist nicht auf den Kopf gefallen und wird wohl einsehn, wie gut es für sie ist, wenn sie die Eure wird."

„Ach, Freund," erwiderte der Jüngling, „die Gewalt, die mich genötigt hat, meine Tracht so zu ändern, ist weder die Liebe, von der Ihr sprecht, noch überhaupt eine Sehnsucht nach Preziosen, denn es gibt Schönheiten in Madrid, die einem ebensogut, ja besser als die reizendsten Zigeunerinnen das Herz rauben und die Seele gefangennehmen können, wenn ich auch zugeben muß, daß die Reize Eures Bäschens alles übertreffen, was ich je gesehn habe. In diese Kleidung aber, auf die Wanderschaft und unter die Zähne der Hunde hat mich nicht die Liebe, sondern mein Unglück getrieben."

Bei diesen Worten kehrten Andres die verlorenen Lebensgeister wieder zurück, denn die Rede des jungen Mannes schien einem andern Ziele zuzulenken, als er hatte glauben müssen. Begierig, diese Verwirrung zu lösen, gab er dem Gaste von neuem die Versicherung, daß er sich ohne Rückhalt entdecken dürfe, und dieser fuhr also fort:

„Ich lebte in Madrid im Hause eines Herrn vom hohen Adel, dem ich jedoch nicht als einem Gebieter, sondern als meinem Verwandten diente. Er hatte einen einzigen Sohn zum Erben, der mich sowohl wegen unsrer Verwandtschaft, wie auch weil wir beide in einem Alter standen und gleichen Charakters waren, vertraulich als seinen Freund behandelte. Nun geschah es, daß dieser Kavalier sich in ein vornehmes Fräulein verliebte, welches er gern zur Gemahlin erwählt hätte; als guter Sohn jedoch unterwarf er seinen Willen dem seiner Eltern, die ihn noch höher zu verheiraten trachteten, machte aber jener, von allen Augen, die seine geheime Neigung hätten verraten können, unbemerkt, noch fortwährend die Aufwartung; nur ich war Zeuge seines Tuns. Nun sahen wir an einem Abend, den das Unglück für das Ereignis, das ich sogleich erzählen werde, eigens ausgewählt haben mußte, sahen wir, als wir eben aus dem Hause jener Dame traten, zwei Männer von scheinbar guter Herkunft an der Türe lehnen. Mein Vetter wollte sehn, wer sie seien; kaum aber war er auf sie zugetreten, als sie mit großer Schnelligkeit nach den Degen und nach zwei kleinen Schilden griffen und auf uns eindrangen. Natürlich zogen auch wir, und so griffen wir uns denn mit gleichen Waffen an. Der Kampf dauerte nicht lange, denn schnell war es um das Leben unsrer beiden Gegner getan; sie waren gleich nach den beiden ersten Streichen verloren. Meinem Vetter verlieh die Eifersucht und mir das Bestreben, ihn zu verteidigen, Kraft und Schwung – gewiß ein wunderbarer und seltener Fall! Wir kehrten mit unserm ungesuchten Sieg nach Hause zurück, rafften so viel Geld zusammen, wie wir konnten, und begaben uns in das Kloster des heiligen Januarius, wo wir den Tag erwarteten, der den Vorfall ans Licht bringen und zeigen mußte, auf wen der Verdacht der Täterschaft fallen würde. Wir erfuhren jedoch, daß nicht das geringste Zeichen gegen uns spräche; daher rieten uns die klugen Geistlichen, nach Hause zurückzukehren, um nicht durch unsre Abwesenheit Verdacht zu erregen. Schon wollten wir ihrem Rate folgen, als wir Nachricht erhielten, die Herren Hofrichter hätten die Eltern des Fräuleins und das Fräulein selbst in ihrem Hause verhaftet, und von den Bedienten, die man ins Verhör genommen, habe eine Magd ausgesagt, mein Vetter sei bei Nacht und bei Tage oftmals bei ihrer Gebieterin gewesen. Auf diese Anzeige hin sei man sogleich davongeeilt, um uns herbeizuschaffen, und da man nicht uns, wohl aber viele Spuren unsrer Flucht gefunden, habe sich bei dem ganzen Gerichtshof die Ansicht festgesetzt, daß wir jene beiden Kavaliere (denn das waren sie, und zwar aus sehr angesehenen Häusern) getötet hätten. Kurz, auf den Rat des Grafen, meines Verwandten, und der Geistlichen wandte sich mein Gefährte, nachdem wir uns vierzehn Tage lang im Kloster aufgehalten hatten, in Mönchstracht, begleitet von einem andern Mönch, nach Aragonien, um sich dann nach Italien und von dort aus nach Flandern zu begeben, wo er den Verlauf der Sache abwarten wollte. Ich für mein Teil wollte mein Schicksal von dem seinen trennen und schlug daher, damit unser Geschick nicht den gleichen Lauf nähme, zu Fuß und in der Tracht eines Laienbruders einen andern Weg ein, begleitet von einem andern Geistlichen, der mich in Talavera verließ. Von dort bin ich allein und abseits von der Straße weitergezogen, bis ich bei Nacht zu Eurem Lager gelangte, wo mir begegnete, was Ihr ja wißt. Wenn ich von dem Wege nach Penna di Francia sprach, so geschah es nur, um Euch auf Eure Frage irgendeine Antwort zu geben, denn in Wahrheit weiß ich nichts weiter von jenem Orte, als daß er oberhalb Salamankas liegt."

„Das ist richtig," entgegnete Andres, „und Ihr habt es schon fast zwanzig Stunden weit von hier zur rechten Hand liegen lassen, und daraus könnt Ihr sehn, wie wunderlich mir Euer Weg erscheinen mußte, wenn Ihr wirklich dorthin wolltet."

„Eigentlich wollte ich nach Sevilla," versetzte der Jüngling, „denn ich kenne dort einen vertrauten Freund des Grafen, meines Vetters, einen genuesischen Kavalier, der große Silbersendungen nach Genua zu schicken pflegt. Ich wollte ihn bitten, mich den Leuten, die den Transport besorgen, einzureihen, denn so gedachte ich, da in kurzer Zeit wieder zwei Galeeren eintreffen sollen, um das Silber an Bord zu nehmen, nach Cartagena und von dort nach Italien zu gelangen. Das, lieber Freund, ist meine Geschichte; urteilt selbst, ob mich nicht eher das Unglück treibt, als die Liebe. Wenn die Herren Zigeuner mich aber, falls sie selber nach Sevilla gehn, dorthin mitnehmen wollen, so will ich sie gut dafür bezahlen, denn ich sehe, daß ich in ihrer Begleitung sicherer und ohne Besorgnis reisen kann."

„Sie werden Euch wohl mitnehmen," antwortete Andres, „und wenn Ihr nicht mit unsrer Truppe reisen könnt (denn bis jetzt weiß ich noch nicht, ob wir nach Andalusien gehn), so könnt Ihr Euch einer andern anschließen, mit der wir in zwei oder drei Tagen zusammentreffen werden. Gebt Ihr der ein wenig von dem, was Ihr bei Euch habt, so werdet Ihr Euch den Weg zu jeder Unmöglichkeit bahnen."

Andres verließ ihn und erstattete den andern Zigeunern

Bericht von der Erzählung und von den Wünschen des jungen Mannes, sowie von seinem Anerbieten, gut zu zahlen. Alle waren der Ansicht, er sollte in der Bande bleiben, nur Preziosa wollte es nicht, und die Großmutter sagte, sie könnte weder nach Sevilla gehn noch in die Umgegend, und zwar wegen eines Scherzes, den sie sich vor einigen Jahren mit einem in jener Stadt sehr bekannten Mützenmacher, namens Triguillos, erlaubt hätte. Sie habe ihn nämlich veranlaßt, splitternackt, mit einem Zypressenkranz auf dem Kopfe, bis an den Hals in ein Faß mit Wasser zu steigen und so die Mitternacht zu erwarten, um dann herauszusteigen und einen Schatz zu heben, der, wie sie ihm vorgelogen hätte, an einem bestimmten Ort seines Hauses liege. „Wie nun", fuhr sie fort, „der gute Kappenmacher die Frühmesse läuten hörte, hatte er, um nicht den rechten Augenblick zu versäumen, solche Eile, aus dem Faß herauszukommen, daß er damit umfiel und sich durch den harten Sturz und die losspringenden Splitter den nackten Leib übel zerfetzte. Das Wasser lief heraus, er plätscherte darin herum und schrie aus vollem Hals, er ertrinke. Sein Weib und seine Nachbarn rannten unverzüglich mit Lichtern herbei und fanden ihn, wie er allerlei Schwimmbewegungen machte, prustete, den Bauch auf dem Boden fortschleppte, mit Armen und Beinen zappelte und laut rief: ‚Zu Hilfe, zu Hilfe, ich ertrinke!' Denn die Angst hatte sich seiner so bemächtigt, daß er allen Ernstes zu ertrinken glaubte. Sie faßten ihn bei den Armen und entrissen ihn der Gefahr; er kam zu sich und erzählte den Zigeunerstreich. Nichtsdestoweniger aber und allen zum Trotz, die da behaupteten, das Ganze sei nur eine Prellerei, grub er an dem bezeichneten Ort bis über Mannshöhe hinunter, und hätte ihn nicht ein Nachbar gehindert, an dessen Hausfundament er schon streifte, so hätte er beide Häuser zum Einsturz gebracht. Die Geschichte machte die Runde in der ganzen Stadt, so daß selbst die Kinder mit Fingern auf ihn zeigten und von seiner Leichtgläubigkeit und meinem Schwank erzählten."

So berichtete die alte Zigeunerin und sagte, deshalb könnte sie nicht nach Sevilla gehn. Die Zigeuner aber, die vom Herren-Andres bereits wußten, daß der junge Mensch Geld in Fülle bei sich hatte, nahmen ihn mit Vergnügen in ihre Gesellschaft auf und waren bereit, ihn zu hüten und zu verbergen, so lange er nur wollte. Da sie jedoch zugleich beschlossen, statt nach Sevilla nach links weiterzuziehn und sich in die Mancha und das Königreich Murcia zu begeben, so riefen sie den Jüngling herbei und eröffneten ihm, was sie für ihn zu tun vermöchten. Er dankte und gab ihnen hundert Goldtaler, die sie unter sich verteilen sollten. Durch diese Freigebigkeit wurden sie geschmeidiger als ein Marderpelz. Nur Preziosa war nicht sonderlich damit zufrieden, daß Don Sancho, wie er sich nannte, dablieb: ein Name, den die Zigeuner sofort in Klemens verwandelten. Auch Andres war verdrießlich und hatte keine rechte Freude an dem neuen Gefährten, denn ihm schien, er habe seinen ursprünglichen Plan ohne Grund aufgegeben. Aber als läse er in Andres' Seele, warf der Gast gelegentlich die Bemerkung hin, er freue sich, bald nach Murcia zu kommen, weil er auf diesem Wege ebenfalls in die Nähe von Cartagena gelange; liefen dann die Galeeren dort ein, woran er nicht zweifle, so könne er mit Leichtigkeit nach Italien übersetzen. Andres aber erwählte ihn, um ihn mehr vor Augen zu haben, sein Tun beobachten und seine Gedanken erforschen zu können, zu seinem Zeltkameraden, und Klemens betrachtete diese Freundschaft als eine große Auszeichnung. Sie hielten immer zusammen, ließen fleißig auftischen und sparten die Taler nicht, liefen, tanzten, sprangen, warfen den Ger besser als irgendein Zigeuner, standen bei den Zigeunerinnen keineswegs in Ungunst und wurden von den Zigeunern im höchsten Grade geachtet.

Man verließ Estremadura, durchzog die Mancha und näherte sich allmählich dem Königreich Murcia. In allen Dörfern und Flecken, durch die man kam, hielt man Wettkämpfe im Ballspiel, im Fechten, Laufen, Springen, Gerwerfen und sonstigen Übungen der Kraft und Behendigkeit ab, und aus jedem Kampf gingen Andres und Klemens, wie früher Andres allein, als Sieger hervor. Während dieser ganzen Zeit, mehr als anderthalb Monate hindurch, fand und suchte Klemens nie Gelegenheit, Preziosa zu sprechen, bis er eines Tages, als sie und Andres beisammen standen, von diesen herbeigerufen, an ihrem Gespräche teilnahm.

„Auf den ersten Blick", sagte Preziosa, „erkannte ich dich, als du in unser Lager kamst, Klemens, und gleich fielen mir die Verse ein, die du mir in Madrid gegeben hast. Ich wollte aber nichts sagen, weil ich nicht wußte, aus welchem Grunde du zu uns gestoßen sein mochtest. Als ich jedoch von deinem Unglück hörte, ging es mir durch die Seele, und mein erschrockenes Herz beruhigte sich erst wieder bei dem Gedanken: wie es in der Welt einen Don Juan gebe, der sich in einen Andres verwandelt habe, so möge wohl auch ein Sancho einen neuen Namen annehmen können. Ich spreche so offen mit dir, weil Andres mir gesagt hat, er habe dir anvertraut, wer er sei und in welcher Absicht er Zigeuner wurde." (Und wirklich hatte Andres ihn ins Geheimnis gezogen, um sich freier mit ihm aussprechen zu können.) „Glaube übrigens nicht, der Umstand, daß ich dich erkannte, sei ohne weiteren Nutzen für dich geblieben, denn nur aus Rücksicht auf mich und auf das, was ich von dir sagte, ging deine Aufnahme in unsre Gesellschaft so leicht vonstatten. Nun möge Gott dir alles Gute daraus erwachsen lassen, das du nur wünschen kannst. Ich aber verlange dafür, daß du Andres sein Streben nicht als zu niedrig darstellst, noch ihm vorhältst, wie schlecht es ihm anstehe, in diesem Verhältnis zu beharren. Denn wenn ich auch überzeugt bin, daß sein Wille sich ganz unter meinen beugt, so würde es mir doch schmerzlich sein, wenn er nur im geringsten eine Reue über das, was er tat, erkennen ließe."

Klemens erwiderte: „Glaube nicht, einzige Preziosa, daß Don Juan mir leichtsinnig entdeckt habe, wer er sei; ich selbst habe es zuerst entdeckt, und seine Augen verrieten mir zuerst seine Seele. Ich war der erste, der ihm sagte, wer er sei, und ich erriet, daß sein Herz, wie du eben angedeutet hast, gefesselt war. Da erst schenkte er mir das verdiente Vertrauen und gestand sein Geheimnis. Nun aber kann er selbst am besten bezeugen, welches Lob ich seinem Entschluß und seiner Beharrlichkeit in dem übernommenen Dienste spendete; denn ich bin nicht so engen Sinnes, Preziosa, daß ich nicht begriffe, wie weit sich die Macht der Schönheit erstrecken kann. Und die deine, die die höchsten Reize übertrifft, könnte noch weit größere Verirrungen entschuldigen, wenn anders man das eine Verirrung nennen kann, was so unwiderstehlichen Gewalten entspringt. Ich danke dir, schöne Freundin, für alles, was du in meiner Sache getan hast, und hoffe es dir durch den Wunsch zu vergelten, daß diese Liebe, die mit so vielen Hindernissen kämpft, ihr Ziel glücklich erreichen und du in den Besitz deines Andres, Andres mit voller Einwilligung seiner Eltern in den Besitz seiner Preziosa gelangen möge, damit aus einer so schönen Verbindung die schönsten Sprößlinge hervorgehn, die die sorgsame Natur zu bilden vermag. Dies wünsche ich, Preziosa, und nur dies werde ich zu deinem Andres sagen, nichts aber, was ihn von seinem wohlüberlegten Entschluß abbringen könnte."

Klemens sprach diese Worte mit solcher Wärme, daß Andres zweifelte, ob er nur als Mann von Welt so redete oder als Verliebter; denn der höllische Krankheitsstoff der Eifersucht ist so fein, daß er sich selbst an Sonnenstäubchen anhängt und durch alles, was den Gegenstand der Liebe berührt, dem Liebenden Angst und Verzweiflung einflößt. Indessen vermochte er doch keine weitere Bestätigung seines Argwohns zu finden, wobei er freilich mehr auf Preziosens Tugend als auf sein Glück baute; denn Liebende halten sich nun einmal für unglücklich, solange sie das, was sie wünschen, noch nicht erreicht haben. Kurz, Andres und Klemens blieben Kameraden und warme Freunde, da Klemens' ehrenhafte Gesinnung und Preziosens Klugheit und Zurückhaltung, die jeden Anlaß zur Eifersucht sorgfältig vermied, Andres vollkommen beruhigten.

Klemens war in der Dichtkunst keineswegs ohne Begabung, wie er schon in den Preziosa gewidmeten Versen gezeigt hatte. Auch Andres hatte ein wenig Talent, und beide liebten die Musik. Als nun einst das Lager vier Stunden von Murcia in einem Tale aufgeschlagen war, nahm eines Nachts Andres unter einem Korkbaum, Klemens ihm gegenüber unter einer Steineiche Platz, wo sie, der Einladung der nächtlichen Stille folgend, zu ihren Gitarren wechselseitig folgende Verse sangen:

Andres

Klemens, sieh das Sterngewimmel,
Das im kühlen Hauch der Nächte,
Greifend in des Tages Rechte,
Lichtumflossen schmückt den Himmel.
Und in diesen holden Zügen –
Wenn so hoch dein Geist kann fliegen –
Mög das Antlitz dir erscheinen,
Wo der Schönheit Höhen sich vereinen.

Klemens

Wo der Schönheit Höhen sich vereinen
Und worin die frohe Jugend
Und der spröde Reiz der Tugend
Sich zur süßsten Milde reinen:
Dies in Menschenlob zu bringen,
Wird dem Geiste nie gelingen,
Wenn er nicht sich himmelan geschwungen
In den höchsten Dichterzungen.

Andres

In den höchsten Dichterzungen
Nie gebrauchter Redeweise,
Wie empor zum Sternenkreise
Nie ein Weg noch ist gedrungen,
Mögst du, Mädchen, dich erheben!
Wär mir Wunderkraft gegeben,
O daß ich der Ruhm dann wäre,
Dich zu tragen so zur Himmelssphäre!

Klemens

Dich zu tragen so zur Himmelssphäre
Hieße nur das Rechte singen,
Hieß dem Himmel Freude bringen,
Wenn dein Name ihm erklungen wäre;
Und wenn in des Staubes Enge
Dann herab der holde Name klänge,

Würde Wohllaut in das Ohr sich gießen,
Ruh das Herz und Lust den Sinn durchfließen.

Andres

Ruh das Herz und Lust den Sinn durchfließen,
Wann des holden Liedes Töne
Also anstimmt die Sirene,
Daß die Klügsten selbst das Ohr erschließen!
Doch von ihres Wesens Grunde
Gibt selbst Schönheit nur geringe Kunde:
Sie ist höchste aller Seelenwonnen,
Von der Anmut holdem Kleid umsponnen.

Klemens

Von der Anmut holdem Kleid umsponnen,
Schönste der Zigeunerinnen,
Purpur bei des Tags Beginnen,
Milder Zephir in der heißen Sonnen;
Strahl, durch den das Herz erblindet
Und das kälteste wird entzündet;
Kraft, der solcher Zauber ist gegeben,
Daß sie tötet und durchhaucht mit Leben.

Allem Anschein nach hätten sowohl der Freie wie der
Liebessklave so bald noch nicht in ihrem Gesange
innegehalten, wäre nicht hinter ihnen eine Stimme
erklungen: es war Preziosa, die ihr Lied mitangehört hatte.
Beide verstummten, und bewegungslos horchten sie mit
gespannter Aufmerksamkeit. Wunderbar lieblich sang sie
wie zur Antwort folgende Verse, von denen ich nicht weiß,
ob sie sie in jener Stunde erfand, oder ob irgend jemand sie
ihr früher gewidmet hatte:

In dem Liebesunterfangen,
Draus die Liebe mir entsprungen,
Hab ich mehr des Ruhms errungen
Mir durch Zucht als schöne Wangen.

Selbst die allerkleinste Pflanze
– Finde aufwärts sie nur Wege,
Sei's Natur, sei's Menschenpflege! –
Steigt empor zum Himmelsglanze.

Meiner armen Kupferwürde
Leiht die Reinheit Goldesschimmer,
Und mein Herz entbehret nimmer
Großen Reichtums schwere Bürde.

Nimmer stört es meinen Frieden,
Wenn man mich nicht ehrt noch achtet,
Denn ich habe stets getrachtet,
Mir mein eigen Glück zu schmieden.

Sei nur stets von mir geübet,
Was da führt zum Tugendpfade,
Und dann mag des Himmels Gnade
Tun, was ihr zu tun beliebet.

Möchte doch wahrhaftig sehen,
Obs der Schönheit sei gegeben,
Auf die Höhe mich zu heben,
Drauf ich wünsche einst zu stehen.

Wenn von gleichem Stoff die Seelen,
Kann, wer mit dem Pflug sich nährte,
Wohl nach seinem innern Werte
Gleich sich einem Kaiser zählen!

Preziosa unterbrach ihren Gesang, und die beiden erhoben sich, um ihr entgegenzugehn. Ein anziehendes Gespräch entspann sich zwischen den dreien, und Preziosa verriet so viel Klugheit, Anmut und Geist, daß Klemens seines Gefährten Tun völlig begriff, was bisher nicht ganz der Fall war, da er seinen kühnen Entschluß mehr der Jugend als der Überlegung zuschrieb.

Am folgenden Morgen brach die Truppe auf und zog bis zu einem Dorfe weiter, das zur Gerichtsbarkeit von Murcia gehörte und drei Stunden von der Stadt entfernt lag. Hier begegnete Andres ein Unfall, der ihm beinahe das Leben gekostet hätte. Nachdem man der Sitte gemäß einige silberne Gefäße als Sicherheitspfand hinterlegt hatte, nahmen Preziosa, deren Großmutter, Christina, zwei andre Zigeunermädchen, Klemens und Andres in dem Hause einer reichen Wirtin Wohnung, einer Witwe, deren Tochter, ein Mädchen von siebzehn bis achtzehn Jahren, nicht sowohl schön wie von etwas lockern Sitten war und, wohl aus diesem Grunde, Juana Carducha[4] hieß. Als nun diese die Zigeuner und Zigeunerinnen tanzen sah, plagte sie der Teufel, und sie verliebte sich so sehr in Andres, daß sie beschloß, es ihm geradeheraus zu sagen und ihn, wenn er selbst wollte, all ihren Verwandten zum Trotz als Mann zu nehmen. Sie suchte deshalb eine Gelegenheit, mit ihm zu sprechen, und fand sie in einem Hof, wohin Andres sich begeben hatte, um zwei Esel zu besorgen. Dort trat sie auf ihn zu und sagte in aller Eile, damit kein Zeuge sie störte: „Andres" (sie wußte seinen Namen bereits), „ich bin noch unverheiratet und reich, denn meine Mutter hat kein andres Kind als mich, dies Wirtshaus gehört ihr, und außerdem hat sie noch viele Weinberge und zwei andre ebenso große Häuser. Du gefällst mir, und wenn du mich zur Frau willst, so steht es bei dir. Gib mir schnell Antwort, und wenn du gescheit bist, so bleibe bei mir, da sollst du sehn, was für ein Leben wir führen werden."

Andres war über die Entschlossenheit Carduchas nicht wenig erstaunt und antwortete so schnell, wie sie es verlangt hatte: „Teure Jungfer, ich bin schon versagt, und wir Zigeuner heiraten nur Zigeunerinnen. Segne Gott Sie für die Gnade, die Sie mir angedeihen lassen wollte und deren ich nicht würdig bin."

Es fehlte wenig, so wäre Carducha ob Andres' bitterer Antwort tot zu Boden gesunken. Eben wollte sie entgegnen, als sie einige Zigeunerinnen in den Hof treten sah. Beschämt und bestürzt eilte sie fort, fest entschlossen, sich sobald wie möglich zu rächen. Andres beschloß als verständiger Mensch, sich aus dem Staube zu machen und dieser Schlinge, die ihm der Teufel legte, aus dem Wege zu gehn; denn er las in Carduchas Augen, daß sie sich ihm auch ohne die Bande der Ehe hingeben würde, und es gelüstete ihn keineswegs, sich allein in diesen Kampf einzulassen. So bat er denn die andern Zigeuner, noch am nämlichen Abend aufzubrechen. Sie trafen sogleich, wie sie ihm stets Folge leisteten, die nötige Veranstaltung, holten ihre Pfänder noch am Abend ab und machten sich auf den Weg. Carducha, die fühlte, daß mit Andres die Hälfte ihres Lebens wegzog, und sah, daß ihr keine Zeit blieb, um das Ziel ihrer Wünsche zu erreichen, beschloß, den Geliebten mit Gewalt zurückzuhalten, da es ihr mit guten Worten nicht gelingen wollte. Sie schmuggelte also heimlich und listig, wie ihr arger Plan es verlangte, in Andres' Gepäck, das sie kannte, einige wertvolle Korallen sowie zwei silberne Schaumünzen und noch andre von ihren Kostbarkeiten ein. Kaum waren die Gäste aus dem Hause, als sie lautes Geschrei erhob: die Zigeuner hätten ihr ihren Schmuck gestohlen, worauf die Büttel und Dorfbewohner herbeieilten. Die Zigeuner machten halt und schworen, sie hätten nicht die geringste Kleinigkeit mitgenommen, und sie wollten alle Säcke und Behältnisse der Truppe öffnen. Die alte Zigeunerin geriet in nicht geringe Angst, bei dieser Durchsuchung möchten Preziosens Geld und Andres' Kleider, die sie in strengster Heimlichkeit und Vorsicht verbarg, zutage kommen. Allein die gute Carducha benahm ihr die Sorge auf kürzestem Wege, indem sie schon bei Besichtigung des zweiten Päckchens sagte, man möchte nur fragen, wo das Gepäck des großen Tänzers sei, denn diesen habe sie zweimal in ihr Zimmer treten sehn, und es sei daher gar wohl möglich, daß er ihr die Sachen gestohlen habe. Andres merkte wohl, daß er gemeint sei, und sagte lächelnd: „Werte Jungfer, da ist mein Reisegerät, und da ist mein Esel! Findet Sie in jenem oder auf diesem, was Ihr fehlt, so will ichs Ihr siebenfach ersetzen und mich überdies der Strafe unterwerfen, die das Gesetz den Dieben zuerkennt."

Die Büttel eilten sogleich herbei, um den Esel abzupacken, und hatten nach wenigen Griffen das gestohlene Gut gefunden, worüber Andres so bestürzt und erstaunt war, daß er stumm wie eine Bildsäule dastand.

„Habe ich nicht recht gehabt?" rief Carducha. „Seht doch, hinter welch ehrlichem Gesicht sich ein solcher Spitzbube verstecken kann!"

Der Schulze, der zugegen war, überschüttete Andres und alle Zigeuner sogleich mit tausend Schmähworten und nannte sie Diebe und Straßenräuber. Andres schwieg zu allem, stand sinnend und in sich versunken da, erriet aber mit keinem Gedanken Carduchas Verräterei. Inzwischen kam ein stolzierender Soldat, ein Neffe des Schulzen, herbei und rief:

„Seht einmal, welche Angst dem Zigeuner da sein eigner Diebstahl macht! Ich will wetten, er macht noch Umstände und leugnet den Raub auch dann noch, wenn er ihn schon in den Händen davonträgt. Es wäre am besten, man schickte das ganze Gesindel auf die Galeeren. Wäre es nicht besser, der Schurke da diente Seiner Majestät, als daß er von Dorf zu Dorf tanzt und von Wirtshaus zu Wirtshaus stiehlt? Auf Soldatenehre, ich will ihm eine Ohrfeige geben, daß er vor mir zu Boden stürzt!"

Damit hob er ohne weiteres die Hand und gab Andres einen solchen Backenstreich, daß er aus seiner Betäubung erwachte und sich plötzlich entsann, daß er nicht der

Herren-Andres war, sondern Don Juan und ein Kavalier. Mit unglaublicher Schnelligkeit und noch größerer Wut stürzte er sich auf den Soldaten, riß ihm den eignen Degen aus der Scheide und stieß ihn ihm in den Leib, so daß er tot zu Boden fiel. Doch nun, wie schrie das Volk, und wie tobte der Oheim! Preziosa fiel in Ohnmacht, und Andres graute, sie so zu sehn. Alles griff zu den Waffen und fiel über den Mörder her. Die Verwirrung und der Lärm wuchsen; Andres eilte der ohnmächtigen Preziosa zu Hilfe und dachte nicht mehr an seine Verteidigung. Überdies wollte das Schicksal, daß Klemens bei dem unglücklichen Ereignis nicht zugegen war, da er mit seinem Gepäck das Dorf schon verlassen hatte. Kurz man fiel in solcher Zahl über den Mörder her, daß er überwältigt und mit zwei schweren Ketten gefesselt wurde. Der Schulze hätte ihn gern auf der Stelle hängen lassen, wenn es in seiner Macht gelegen wäre, aber so mußte er ihn nach Murcia abliefern, in dessen Gerichtssprengel das Dorf gehörte. Erst am folgenden Tage führte man ihn dorthin, und inzwischen hatte der Gefangene genug der Qualen und Schmähungen zu erdulden, die der entrüstete Schulze und sein Büttel sowie die ganze Einwohnerschaft des Fleckens über ihn ausgossen. Jener nahm alle Zigeuner und Zigeunerinnen, deren er habhaft werden konnte, gefangen; die Mehrzahl jedoch war entflohen, unter ihnen auch Klemens, der bei einer Verhaftung erkannt zu werden fürchtete. Kurz der Schulze zog mit dem Protokoll über den Hergang und einer Karawane von Zigeunern, in der sich Preziosa und auf einem Esel der arme, mit Ketten, Handschellen und Fußeisen gefesselte Andres befanden, umgeben von Bütteln und vielen andern bewaffneten Leuten in Murcia ein. Die ganze Stadt strömte heraus, um die Gefangenen zu sehen, denn schon hatte man von der Tötung des Soldaten gehört. Preziosa strahlte jedoch an diesem Tage in solcher Schönheit, daß jeder, der sie gewahr wurde, in

Lobeserhebungen ausbrach, und das Gerücht von ihrem Reize gelangte denn auch der Frau Stadtrichterin zu Ohren. Begierig, das Wunder zu sehn, bat sie ihren Mann, den Stadtrichter, diese Zigeunerin nicht in das Gefängnis zu sperren, in das alle übrigen kamen. Andres dagegen warf man in ein enges Loch, wo ihm die Finsternis und die Trennung von seiner zweiten Sonne, von Preziosa, so bedrückten, daß er nicht mehr hoffte, das Licht des Tages vor seinem Todesgange wiederzusehn.

Preziosa und ihre Großmutter führte man sofort der Stadtrichterin vor, die, als sie sie kaum gesehn hatte, schon rief: „Mit Recht preist man ihre Schönheit!" Damit trat sie auf Preziosa zu, umarmte sie und konnte sich an ihr nicht satt sehn und fragte die Großmutter, wie alt die Kleine sei.

„Ein paar Monate mehr oder weniger als fünfzehn Jahre," antwortete die Zigeunerin.

„So alt wäre jetzt eben auch meine arme Constanza!" entgegnete die Stadtrichterin. „Ach, ihr guten Leute, wie ruft mir dies Mädchen mein Unglück zurück!"

Da ergriff Preziosa die Hände der Dame, küßte sie zu wiederholten Malen, bedeckte sie mit ihren Tränen und sprach:

„Gnädige Frau, der verhaftete Zigeuner trägt keine Schuld, denn er wurde sehr gereizt. Man nannte ihn einen Dieb, was er doch nicht ist, und gab ihm einen Streich in das Gesicht, auf dem seine Herzensgüte so deutlich geschrieben steht. Um Gottes und Eurer selbst willen, gnädige Frau, sorgt, daß man ihm Gerechtigkeit widerfahren lasse und daß der Herr Stadtrichter sich nicht zu sehr beeile, die Strafe, mit der die Gesetze ihn bedrohn, an ihm zu vollziehn. Wenn meine Schönheit Euer Wohlgefallen erregt, so erhaltet sie mir, indem Ihr den Gefangenen erhaltet, denn sein Tod würde auch meinen herbeiführen. Er soll mein Gatte werden, aber Recht und Ehre haben uns bis jetzt gehindert, einander die Hände zu reichen. Sollte Geld vonnöten sein, um die Begnadigung zu erlangen, so soll unser ganzes Lager in öffentlicher Versteigerung verkauft und noch mehr gegeben werden, als man verlangt. Ach, gnädige Frau, wenn Ihr wißt, was Liebe ist, und wenn Ihr sie je empfunden habt und noch jetzt gegen Euern Gemahl empfindet, so erbarmt Euch meiner, die ich meinem Verlobten mit zärtlicher und reiner Liebe zugetan bin."

Während sie dies sprach, ließ sie die Hände der Frau keinen Augenblick los und sah sie unverwandt unter Strömen bitterer, schmerzlicher Tränen an. Doch auch die Stadtrichterin hielt Preziosa bei den Händen und sah sie nicht weniger aufmerksam und unter nicht minder zahlreichen Tränen an. Da trat der Stadtrichter ein, und als er das Mädchen und seine Frau in dieser Situation erblickte, blieb er, ergriffen von den Tränen wie von der Schönheit der Fremden, stehn. Er fragte nach der Ursache ihrer Bewegung, und zur Antwort ließ Preziosa die Hände der Stadtrichterin fahren, umschlang die Füße des Stadtrichters und rief: „Erbarmen, gnädiger Herr, Erbarmen! Wenn mein Verlobter stirbt, so bin auch ich des Todes. Er ist schuldlos; und ist er es nicht, so treffe die Strafe mich; und kann dies nicht sein, so werde wenigstens der Prozeß so lange hingehalten, bis man alles aufgeboten hat, ihn zu befreien: denn es ist ja möglich, daß der Himmel dem, der nicht aus bösem Willen fehlte, das Heil der Gnade sendet."

Der Stadtrichter war gerührt durch die treffenden Worte des Zigeunermädchens, und hätte er sich nicht geschämt, ein Zeichen der Schwäche zu verraten, so hätten seine Tränen sich mit den ihrigen gemischt. Inzwischen stand die alte

Zigeunerin in mannigfaltige Betrachtungen verloren da und rief endlich nach langem Sinnen aus: „Wollet die Gnade haben, meine Herrschaften, einen Augenblick zu warten; ich will diese Tränen in Lachen verwandeln, und sollte es mich auch das Leben kosten."

Damit eilte sie raschen Schrittes hinaus und ließ die Anwesenden in Verwunderung über ihre Worte zurück. Bis zu ihrer Rückkehr hörte Preziosa nicht auf, unter Weinen und Bitten darauf zu dringen, man möge das Urteil über ihren Verlobten hinausschieben; denn sie beabsichtigte im stillen, seinem Vater Nachricht zu geben, damit er komme und eingreife. Bald kehrte die Zigeunerin mit einem Kästchen unterm Arm zurück und bat den Stadtrichter, mit seiner Gemahlin und ihr in ein andres Zimmer zu treten, da sie ihm insgeheim etwas sehr Wichtiges mitzuteilen habe. Der Stadtrichter glaubte, sie wollte ihm irgendeinen Diebstahl der Zigeuner entdecken, um ihn dadurch für den Prozeß des Gefangenen günstig zu stimmen, und so zog er sich denn mit ihr und seiner Frau in sein Kabinett zurück, wo die Alte sich vor den beiden auf die Knie warf und also begann:

„Sollte die frohe Nachricht, die ich Euch geben will, gnädige Herrschaften, mir nicht zum Dank Verzeihung für ein schweres Vergehen verschaffen, so mag mich auch jede Züchtigung treffen, die Ihr mir auferlegen wollt. Ehe ich mich jedoch genauer erkläre, möchte ich, daß Ihr mir sagtet, ob Ihr diesen Schmuck kennt." Damit zog sie das Kästchen hervor, in dem sich Preziosas Kostbarkeiten befanden, und überreichte es dem Stadtrichter, der es öffnete und einen Kinderschmuck darin erblickte, jedoch ohne daß ihm deutlich wurde, was für eine Bewandtnis es damit habe. Auch die Stadtrichterin betrachtete die Schatulle verständnislos und bemerkte nur: „Das ist der Putz eines kleinen Mädchens."

„Ganz recht," erwiderte die Zigeunerin, „und welches Mädchens, das sagt die Schrift in diesem zusammengelegten Papier."

Hastig öffnete der Stadtrichter es und las wie folgt: „Die Kleine heißt Doña Constanza de Acevedo und de Meneses; ihre Mutter ist Doña Guiomar de Meneses und ihr Vater Don Fernando de Acevedo, Ritter des Calatrava-Ordens. Sie ward geraubt am Himmelfahrtstage, morgens um acht Uhr, im Jahr Eintausend fünfhundert und fünfundneunzig. Sie hatte den Schmuck an, den dieses Kästchen enthält."

Kaum hatte die Stadtrichterin den Inhalt des Papiers vernommen, als sie den Schmuck plötzlich wiedererkannte und, indem sie ihn an den Mund drückte und mit unzähligen Küssen bedeckte, ohnmächtig niedersank. Der Stadtrichter eilte ihr erst zu Hilfe, ehe er die Zigeunerin weiter nach seinem Kinde fragte; sie aber rief, sobald sie wieder zu sich gekommen war: „Liebstes Mütterchen, mehr Engel als Zigeunerin, wo ist die Besitzerin, ich meine das Kind, dem dieser Putz gehörte?"

„Wo, gnädige Frau?" erwiderte die Zigeunerin. „In Eurem Hause habt Ihr sie; dem Zigeunermädchen, das Euch die Tränen in die Augen trieb, gehört der Putz, und sie ist ohne Zweifel Eure Tochter, die ich in Madrid an dem Tage und zu der Stunde, die der Zettel angibt, aus Eurem Hause gestohlen habe."

Als die erregte Dame das hörte, schleuderte sie in der Eile die Pantoffeln von sich und eilte in vollem Lauf in den Saal, wo sie Preziosa zurückgelassen hatte und sie nun, umgeben von ihren Mädchen und Dienerinnen, immer noch weinend fand. Sie stürzte auf sie zu, entblößte ihr in voller Hast, ohne ein Wort zu sagen, den Busen und sah nach, ob sie unter der linken Brust ein kleines Mal in Form eines weißen Fleckes habe, mit dem sie auf die Welt gekommen war. Wirklich fand sie es noch, wenn auch durch die Zeit bedeutend größer geworden. Dann zog sie ihr ebenso schnell den Schuh aus, enthüllte einen Fuß, der wie aus Schnee und Elfenbein gedrechselt war, und entdeckte auch dort, was sie suchte, nämlich daß die zwei letzten Zehen des rechten Fußes in der Mitte durch ein wenig Fleisch verbunden waren, das man ihr als Kind nicht hatte durchschneiden wollen, um ihr keinen Schmerz zu machen.

Brust, Zehen, Schmuck, Tag des Diebstahls, das Geständnis der Zigeunerin und endlich der freudige Schreck, den die Eltern bei ihrem Anblick empfunden hatten – all das ließ in der Seele der Stadtrichterin keinen Zweifel mehr übrig, daß Preziosa ihre Tochter war. Sie schloß sie daher in die Arme und kehrte mit ihr zum Stadtrichter und der Zigeunerin zurück. Preziosa war ganz verwirrt, da sie nicht wußte, weshalb man diese Untersuchung mit ihr vorgenommen hatte, zumal die Stadtrichterin sie jetzt gar in ihre Arme schloß und sie mit Küssen bedeckte. Endlich kam Doña Guiomar mit ihrer kostbaren Bürde bei ihrem Gatten an, legte sie ihm in die Arme und sprach:

„Empfanget hier, mein Gemahl, Eure Tochter Constanza; sie ist es, Ihr dürft nicht den geringsten Zweifel hegen, denn ich habe das Zeichen an den Zehen und an der Brust gesehn, und mehr noch als diese hat mein Herz es mir gesagt, vom ersten Augenblick an, da meine Augen sie sahen."

„Ich zweifle nicht daran," entgegnete der Stadtrichter, als er Preziosa in den Armen hielt, „denn dieselben Gefühle sind auch durch mein Herz gegangen; und überdies könnten so viele Einzelheiten bei einer, die nicht unser Kind wäre, nur durch ein Wunder zusammentreffen."

Sämtliche Diener im Hause waren der Verwunderung voll, und die einen fragten die andern, was dies denn heißen sollte. Keiner aber traf das Rechte, und wer hätte sich auch denken können, daß das Zigeunermädchen die Tochter der Herrschaft sei? Der Stadtrichter ermahnte Frau und Kind und die alte Zigeunerin, die Sache so lange geheimzuhalten, bis er selbst sie kundtun würde. Zugleich versicherte er der Alten, daß er ihr alles, was sie ihm durch den Raub seines Kindes angetan, verzeihe; ja die Entschädigung, die sie ihm durch dies Wiedersehn gewähre, verdiene noch obendrein Lohn. Es kränke ihn nur, daß sie, die doch von Preziosens Stande gewußt, sie mit einem Zigeuner, ja einem Räuber und Mörder verlobt habe.

„Ach, mein Vater," rief Preziosa, „er ist weder ein Zigeuner noch ein Räuber, wenn er auch einen Menschen erschlagen hat; denn er erschlug nur den, der ihm seine Ehre rauben wollte; und um zu zeigen, wer er sei, konnte er nichts Geringeres tun, als ihn töten."

„Wie, er ist kein Zigeuner, mein Kind?" fragte Doña Guiomar.

Da erzählte die alte Zigeunerin kurz die Geschichte des Herren-Andres: daß er der Sohn des Don Francisco de Carcamo, Ritters von Sant Jago, sei, Don Juan de Carcamo heiße und denselben Orden trage, wie sie denn seine Ordenstracht, die er gegen die Zigeunerkleider umgetauscht, noch bei sich habe. Ebenso berichtete sie von der zwischen Preziosa und Don Juan getroffenen Abrede, nach der er vor der Verlobung eine Probezeit von zwei Jahren bestehen sollte, und pries die Sittsamkeit beider und Don Juans liebenswürdigen Charakter. Die beiden wunderten sich hierüber fast ebensosehr wie über das Wiedersehn mit ihrer Tochter, und der Stadtrichter ließ deshalb die Alte Don Juans Kleider holen. Sie ging und kehrte bald mit einem andern Zigeuner zurück, der sie trug.

Während ihrer Abwesenheit hatten die Eltern hunderttausend Fragen an Preziosa gerichtet, die sie mit so viel Verstand und Anmut beantwortete, daß sie das ganze Herz der Fragenden gewonnen hätte, wenn sie auch nicht gewußt hätten, daß sie ihre Tochter war. Sie fragten, ob sie Don Juan liebte, und sie erwiderte: nicht mehr, als sie aus Erkenntlichkeit einen Menschen lieben müßte, der um ihretwillen bis zum Zigeuner herabgestiegen sei; sie werde jedoch ihre Dankbarkeit nie weiter ausdehnen, als ihre verehrten Eltern ihr gestatten würden.

„Still, meine Preziosa," erwiderte der Vater, „denn dieser an das Kostbarste erinnernde Name soll dir zur Erinnerung an dein Verschwinden und deine Wiederauffindung bleiben; ich als dein Vater nehme es auf mich, einen Gemahl für dich auszuwählen, der deines Standes nicht unwürdig ist."

Preziosa seufzte, und ihre Mutter merkte, zartfühlend wie sie war, daß dieser Seufzer auf Liebe zu Don Juan deutete, daher sagte sie zu ihrem Gatten: „Mein Gemahl, da Don Juan de Carcamo von so gutem Hause und unsrer Tochter so ergeben ist, so würde es uns nicht zur Unehre gereichen, wenn wir sie ihm zur Frau gäben."

Er erwiderte: „Erst heute haben wir sie gefunden, und Ihr wollt schon, daß wir sie verlieren? Erfreuen wir uns ihrer eine Zeitlang, denn wenn Ihr sie verheiratet, gehört sie nicht mehr Euch, sondern Ihrem Manne an."

„Ihr habt recht, mein Gemahl," versetzte sie; „aber gebt mindestens Befehl, daß Don Juan, der sich sicher in einem unterirdischen Kerker befindet, an einen andern Ort gebracht werde."

„Gewiß befindet er sich in einem solchen," rief Preziosa, „denn einem Räuber und Mörder, der obendrein ein Zigeuner ist, hat man schwerlich einen bessern Aufenthaltsort eingeräumt."

„Ich will selbst zu ihm gehn," erwiderte der Stadtrichter, „als wollte ich ihn ins Verhör nehmen. Noch einmal trage ich Euch auf, meine Gemahlin, daß niemand etwas von dieser Geschichte erfahre, bis ich es für gut halte."

Damit umarmte er Preziosa, begab sich unverweilt in das Gefängnis und von da ohne jede Begleitung in das unterirdische Verlies, in dem Don Juan lag. Er fand ihn mit beiden Beinen in einen Block geschlossen und mit Handschellen gefesselt; ja selbst das Fußeisen hatte man ihm noch nicht abgenommen. Die Zelle war ganz finster; der Stadtrichter ließ aber einen nach oben gehenden Kellerhals öffnen, so daß notdürftig ein wenig Licht hereinfiel, und sobald er den Gefangenen sehen konnte, hub er also an:

„Wie gehts, mein sauberer Vogel? Wenn ich nur alle Zigeuner Spaniens so aneinandergekoppelt bekäme, dann würde man an einem einzigen Tage mit ihnen fertig, wie Nero es gern mit ganz Rom auf einen einzigen Streich geworden wäre. Wisset, Meister Spitzbube, ich bin der oberste Richter dieser Stadt und will von Euch erfahren, ob wirklich ein Zigeunermädchen unter Eurer Begleitung Eure Braut ist."

Als Andres dies hörte, glaubte er, der Stadtrichter habe sich in Preziosa verliebt; denn die Eifersucht gehört zu den flüchtigen Körpern, die andre Körper durchdringen, ohne sie zu durchbrechen, zu trennen oder zu zerteilen. Indessen erwiderte er: „Wenn sie gesagt hat, ich sei ihr Verlobter, so ist dies ganz richtig; und wenn sie gesagt hat, ich sei es nicht, so ist es ebenfalls richtig; denn Preziosa kann keine

Lüge aussprechen."

„Ist sie so wahrheitsliebend?" fragte der Stadtrichter. „Das ist nicht wenig für eine Zigeunerin! Nun gut, Bursche, sie hat gesagt, sie sei Eure Braut, habe Euch aber die Hand noch nicht gegeben. Sie hat erfahren, daß Ihr Eures Verbrechens wegen sterben müßt, und bat mich deshalb, sie noch vor Eurem Tode mit Euch zu vermählen, denn sie setze eine Ehre darein, die Witwe eines so großen Spitzbuben zu sein."

„So mögen denn Euer Gnaden tun, wie sie gebeten hat. Bin ich ihr angetraut, so werde ich mit Freuden ins andre Leben gehn, da ich das gegenwärtige als ihr Gatte verlasse."

„Ihr scheint sie sehr zu lieben?" fragte der Stadtrichter.

„So sehr," antwortete der Gefangene, „daß meine Liebe nichts wäre, wenn ich sie aussprechen könnte. Kurz, Herr Richter, kommt zum Schluß! Ich habe den getötet, der mir die Ehre rauben wollte; ich bete dieses Zigeunermädchen an, ich sterbe gern, wenn ich in ihrer Gunst sterbe, und ich weiß, daß die Gnade Gottes uns nicht fehlen wird, denn wir beide haben ehrlich und gewissenhaft gehalten, was wir einander gelobten."

„So werde ich Euch denn heute nacht holen lassen," sagte der Stadtrichter, „Euch in meinem Hause mit Preziosa vermählen, und morgen mittag hängt Ihr am Galgen, wodurch ich der Gerechtigkeit wie auch Eurem beiderseitigen Wunsch Genüge tue."

Andres dankte, und der Stadtrichter kehrte in sein Haus zurück und erzählte seiner Gemahlin, was er mit Don Juan gesprochen hatte und was er Weiteres zu tun gedächte. Während seiner Abwesenheit hatte Preziosa ihrer Mutter ihren ganzen Lebenslauf berichtet: wie sie sich immer für eine Zigeunerin und für die Enkelin jener Alten gehalten, sich jedoch stets viel höher geachtet habe, als man von einer wirklichen Zigeunerin hätte erwarten können. Die Mutter bat sie, ihr aufrichtig zu gestehn, ob sie Don Juan de Carcamo zugetan sei. Errötend und mit gesenkten Augen erwiderte sie, da sie sich für eine Zigeunerin gehalten habe und ihr Stand durch die Heirat mit einem Ordensritter und einem so vornehmen jungen Mann, wie Don Juan de Carcamo, sehr gehoben worden wäre; da ferner auch sein gutes Gemüt und sein sittsames Wesen ihr aus Erfahrung bekannt gewesen sei, so habe sie ihn hie und da mit Neigung betrachtet, doch habe sie ja schon gesagt, daß sie keinen andern Willen zu haben sich erlaube, als den ihrer Eltern.

Die Nacht kam, und gegen zehn Uhr holte man Andres ohne die Handschellen und den Fußblock aus dem Gefängnis; aber noch war er mit einer großen Kette gefesselt, die ihm von den Füßen aufwärts den ganzen Körper umschloß. So gelangte er, von niemand gesehn als von seinen Wächtern, ins Haus des Stadtrichters, wo man ihn in größter Stille in ein Zimmer führte und allein ließ. Nach einiger Zeit trat ein Geistlicher ein und hieß ihn beichten, weil er am folgenden Tage sterben müsse. Andres erwiderte: „Ich will von Herzen gern beichten, aber wird man mich nicht zuvor trauen? Wahrhaftig, nach der Trauung erwartet mich ein schlimmes Brautbett!"

Doña Guiomar, die dies von einem Nebengemach aus hörte, sagte zu ihrem Gemahl, er bürde Don Juan allzu schwere Qualen auf; er möge sie ihm doch erleichtern, denn der Gefangene könnte sonst dabei sterben. Das schien dem Stadtrichter richtig; so trat er denn ein und sagte dem Beichtvater, er wolle zuvor den Zigeuner mit der Zigeunerin trauen lassen; er solle nachher beichten und sich Gott von ganzem Herzen empfehlen, denn oft lasse Gott sein Erbarmen gerade dann herabtauen, wenn die Hoffnung am geringsten sei. Kurz, Andres trat in einen Saal, in dem sich nur Doña Guiomar, der Stadtrichter, Preziosa, die Alte, der Geistliche und zwei Bediente des Hauses befanden. Als jedoch Preziosa Don Juan von der großen Kette umwunden, mit bleichem Gesicht und Tränenspuren in den Augen vor sich stehn sah, da wurde sie schwach, und sie mußte sich auf den Arm der neben ihr stehenden Mutter stützen. Diese drückte sie ans Herz und sprach: „Komm zu dir, Kind, alles, was du siehst, wird sich dir noch in Freude und zum Guten kehren." Sie aber wußte nicht, wie sie sich trösten sollte, da sie von all dem nichts begriff; die alte Zigeunerin war verwirrt und alle andern höchst gespannt, was für ein Ende das nehmen würde. Der Stadtrichter begann: „Herr Pfarrverweser, dieser Zigeuner und diese Zigeunerin sind die Personen, die Euer Hochwürden trauen sollen."

„Das kann ich nicht tun, wenn nicht die für einen solchen Fall nötigen Förmlichkeiten vorhergegangen sind. Wo geschah das Aufgebot? Wo ist der Erlaubnisschein meines Obern, daß ich dieses Paar trauen darf?"

„Das ist eine Unachtsamkeit von mir," entgegnete der Stadtrichter; „aber ich werde dafür sorgen, daß der Generalvikar die Erlaubnis erteilt."

„Solange ich sie nicht gesehn habe," versetzte der Pfarrverweser, „mögen mir die Herrschaften verzeihn." Und ohne ein weiteres Wort verließ er, um kein Ärgernis zu erregen, das Haus, und alle blieben in Verwirrung zurück.

„Der ehrwürdige Vater hat ganz recht getan," rief endlich der Stadtrichter, „und vielleicht ist dies ein Wink der Vorsehung, damit Andres' Hinrichtung weiter hinausgeschoben werde. Denn er soll nun einmal Preziosa heiraten, und der Heirat müssen die Aufgebote vorausgehn; so wird ein Tag um den andern verstreichen, und Zeitgewinn verhilft aber gar oft in schlimmer Lage endlich noch zu einem glücklichen Ausgang. Indessen möchte ich denn doch von Andres wissen, ob er, falls das Schicksal seine Lage so wendet, daß er Preziosa ohne seine gegenwärtige Angst und Sorge zur Frau erhielte, dadurch glücklich würde, sei er nun der Herren-Andres oder Don Juan de Carcamo.“

Als Andres sich bei seinem Namen nennen hörte, sagte er: „So wollte sich also Preziosa nicht in den Schranken des Schweigens halten und hat entdeckt, wer ich bin! Wenn mich das Schicksal aber auch zum Fürsten der Welt gemacht hätte, ich würde dennoch nur sie als das Ziel meiner Wünsche sehn und außer ihr nach keinem Glücke streben, als nach der Gnade des Himmels.“

„Nun, für die gute Gesinnung, die Ihr gezeigt, Herr Don Juan de Carcamo, will ich seinerzeit dafür sorgen, daß Preziosa Eure rechtmäßige Gemahlin werde, und ich gebe Euch schon jetzt die Anwartschaft auf sie, als den kostbarsten Schatz meines Hauses, meines Lebens und meiner Seele; haltet sie immer so hoch, wie Ihr sagt, denn ich gebe Euch in ihr Doña Constanza de Meneses, meine einzige Tochter, die Euch an Abkunft nicht nachsteht, wie ihre Liebe der Euren gleichkommt.“

Andres stand ganz erschrocken da, als ihm plötzlich so viel Liebe kundgegeben wurde, und Doña Guiomar erzählte in wenigen Worten, wie ihre Tochter verloren war und wiedergefunden wurde, und sie berichtete von den untrüglichen Zeichen, die die alte Zigeunerin zum Beweise ihres Raubes angegeben hatte, so daß Don Juan in immer größeres Staunen geriet. Zugleich aber umarmte er in einem

Taumel des Entzückens, der sich nicht schildern läßt, seine Schwiegereltern, nannte sie Vater und Mutter und seine Gebieter und küßte Preziosa die Hände, die ihn mit Tränen um die seinen bat.

Das Geheimnis wurde laut: die Nachricht von dem Vorfall verbreitete sich, sobald die beiden Bedienten, die Zeugen davon gewesen waren, zur Tür hinauskamen. Als der Schulze, der Oheim des Getöteten, Kunde davon erhielt, sah er wohl, daß ihm der Weg zur Rache verschlossen war, da sich die Strenge des Gesetzes gegen den Eidam des Stadtrichters nicht leicht würde anwenden lassen. Don Juan legte die Reisekleider an, die die Zigeunerin herbeigebracht hatte; Kerker und Ketten aus Eisen verwandelten sich in Freiheit und Ketten aus Gold und die Trauer der verhafteten Zigeuner in Freude; dem Oheim des Getöteten versprach man zweitausend Dukaten, wenn er die Klage fallen ließe und Don Juan verziehe. Dieser vergaß auch seinen Kameraden Klemens nicht und ließ ihn suchen. Man fand ihn aber nicht und erfuhr auch nichts über ihn, bis nach vier Tagen die sichere Nachricht einlief, daß er an Bord einer der beiden genuesischen Galeeren gelangt sei, die im Hafen von Cartagena gelegen hatten und jetzt bereits abgesegelt waren. Der Stadtrichter aber sagte Don Juan, er habe zuverlässige Kunde, daß sein Vater, Don Francisco de Carcamo, zum Richter in jener Stadt ernannt worden sei; man werde daher gut tun, auf seine Ankunft zu warten, damit die eigentliche Hochzeitsfeier mit seiner Einwilligung und Zustimmung vor sich gehe. Don Juan erwiderte, er werde keiner dieser Anordnungen widersprechen, vor allen Dingen aber müsse man ihn mit Preziosa trauen. Wirklich erteilte der Erzbischof die Erlaubnis, daß die Trauung nach nur einmaligem Aufgebot stattfinden durfte, und da der Stadtrichter sehr beliebt war, so feierte die Einwohnerschaft diesen Tag durch Beleuchtung, Stiergefechte und

Lanzenbrechen. Die alte Zigeunerin blieb im Hause, denn sie wollte sich von ihrer Enkelin Preziosa nicht trennen.

Die Nachricht von den Begebenheiten und der Vermählung des Zigeunermädchens gelangte auch in die Residenz, und Don Francisco de Carcamo erfuhr, daß sein Sohn der Zigeuner und Preziosa das Zigeunermädchen gewesen sei, das bei ihm im Hause war. Mit ihrer Schönheit entschuldigte er den Leichtsinn seines Sohnes, den er schon für verloren gehalten hatte, denn er wußte, daß er nicht nach Flandern gegangen war. Mehr noch diente ihm der Gedanke als Entschuldigung, daß ihm die Heirat mit der Tochter eines so angesehenen und reichen Kavaliers, wie Don Fernando de Acevedo, gar gut anstehe. Er brach also eilends auf, um so schnell wie möglich bei seinen Kindern einzutreffen, und schon nach zwanzig Tagen kam er in Murcia an, wo jetzt die Freude von neuem begann, die Hochzeit festlich begangen und das Erlebte erzählt wurde. Die Dichter der Stadt aber, unter denen es einige vortreffliche gab, nahmen es auf sich, die außerordentliche Geschichte sowie die unvergleichliche Schönheit des Zigeunermädchens zu feiern, und bei dieser Gelegenheit schrieb der berühmte Lizentiat Pozo, daß durch seine Verse der Ruhm Preziosas dauern würde, solange die Jahrhunderte kreisten.

Vergessen habe ich zu bemerken, daß die verliebte Wirtstochter der Obrigkeit entdeckte, der angebliche Diebstahl des Zigeuners Andres sei erlogen gewesen, und daß sie ihre Liebe wie ihre Schuld bekannte. Sie entging jedoch der Strafe, da in der Freude über das Wiedersehn der Neuvermählten die Rache begraben wurde und die Milde auferstand.

Nachwort

Die Novellen des Cervantes („*Novelas ejemplares*", was Heinrich von Kleist im Titel seiner Erzählungen durch „Moralische Novellen" übersetzen wollte) erschienen vor genau 300 Jahren, im Jahre 1613, also acht Jahre nach dem ersten und zwei Jahre vor dem zweiten Teil des „Don Quijote". In Deutschland machten den Dichter die Romantiker am nachdrücklichsten bekannt. Tieck übersetzte den „Don Quixote" für den Berliner Verleger Unger, der auch mit Friedrich Schlegel darüber verhandelt hatte, und einer Übertragung der sämtlichen Werke durch Tieck kam nur die Übersetzung von Soltau zuvor. Doch auch bei den Klassikern fand Cervantes nun Beifall, wie denn Tieck selber den Don Quixote zuerst in der Übersetzung von Bertuch kennen gelernt hatte. Schiller schrieb nach der Lektüre der „*Novelas*" an Goethe: „An den Novellen des Cervantes habe ich einen wahren Schatz gefunden, sowohl der Unterhaltung als der Belehrung. Wie sehr freut man sich, wenn man das anerkannte Gute auch anerkennen kann, und wie sehr wird man auf seinem Wege gefördert, wenn man Arbeiten sieht, die nach den eben geschilderten Grundsätzen gebildet sind, nach denen wir nach unserm Maße und in unserm Kreise selbst verfahren."

Gedruckt bei Breitkopf und Härtel in
Leipzig

Im Insel-Verlag/Leipzig sind erschienen

Miguel de Cervantes:

Die Novellen. Vollständige deutsche Ausgabe, auf Grund älterer Übertragungen bearbeitet von K o n r a d T h o r e r, eingeleitet von F e l i x P o p p e n b e r g Titel- und Einbandzeichnung von C a r l C z e s c h k a Zwei Bände. In Leinen M. 10.–, in Leder M. 12.–.

Diese Novellen wieder allgemein in sorgfältiger Behandlung des Textes, sehr angenehmer Übersetzung lebendig gemacht zu haben, darf dem Insel-Verlag zum Verdienste angerechnet werden; denn die zwei Bände werden niemanden enttäuschen, der Sinn für wahre Erzählungskunst und ein Meisterwerk zu bewundern und zu verstehen gelernt hat.

Ostdeutsche Rundschau.

Der scharfsinnige Ritter Don Quixote von der Mancha. Vollständige deutsche Taschenausgabe in drei Bänden unter Benutzung der anonymen Ausgabe von 1837 besorgt von K o n r a d T h o r e r, eingeleitet von F e l i x P o p p e n b e r g. Titel- und Einbandzeichnung von C a r l C z e s c h k a. In Leinen M. 14.–, Leder M. 18.–.

Eine große Weite eröffnet sich in dem Roman von welthistorischem Gewicht, den der Insel-Verlag in schöner Neuausgabe auf den Markt bringt. Da reitet zuerst der unsterbliche Ritter von der traurigen Gestalt auf seinem edlen Roß Rosinante in die Schranken und sprengt, gefolgt von Sancho Pansa, von neuem an gegen Hammelherden und Windmühlen. – Der Don Quixote ist eine der ganz wenigen Gestalten der Weltliteratur, die sich von ihren Dichtern abzulösen vermögen und – wie etwa noch Achill, Hamlet, Faust aller Zeitlichkeit und aller nationalen Beschränkung ledig – gleichsam in der freien Luft stehen als Repräsentanten der Menschheit.

Velhagen und Klasings Monatshefte.

Altitalienische Novellen. Zwei Bände. Ausgewählt und übersetzt von P a u l   E r n s t Mit venezianischen Titelholzschnitten, Initialen und Zierstücken aus dem 14. Jahrhundert. Zweite Auflage. In Pappbänden M. 8.–, in Leder M. 12.–.

Diese vierzig Novellen sind mit Umsicht und feiner Kenntnis aus dem großen Schatzhaus der italienischen Novellistik gehoben; ihrem Übersetzer und Erneuerer gebührt um so mehr unser Dank, als bei uns von dem Reichtum der italienischen Erzählungsliteratur so gut wie nichts bekannt ist, da doch diese altitalienischen Stücke zum Besten gehören, was es derart gibt. Das Buch, das gleichsam eine Entwicklungsgeschichte der italienischen Novelle im Abriß darstellt, sei allen denen bestens empfohlen, die für die Kunst der Erzählung noch empfänglich sind.

Frankfurter Zeitung.

Wir dürfen Paul Ernst für die Auswahl, die er unter den alten Novellisten getroffen, ebenso wie für die ganz vorzügliche Übersetzung, die im Deutschen den bald feierlichen, bald zierlichen und etwa auch einmal gezierten Stil der Originale fein und geschickt nachahmt, von Herzen dankbar sein. Und da auch die Buchausstattung bei aller Eleganz an den typographischen Schmuck älterer Druckwerke gemahnt und dem Insel-Verlag Ehre macht, sind die beiden Bände „Altitalienische Novellen" eine Veröffentlichung, über die man sich in jeder Beziehung nur zu freuen hat.

Der Bund.

Altfranzösische Novellen. Ausgewählt von P. Ernst, übertragen von P. Hansmann. 2 Bände. Mit Titelholzschnitten und Zierstücken nach alten Originalen, Titelzeichnung von Rudolf Koch. In Pappbänden M. 10.–, Leder M. 14.–.

Für literarische Feinschmecker sind sie eine begehrte Kost. Die stilistischen Kostbarkeiten der Originale sind auch in der feinen, nachempfindenden Übersetzung Paul Hansmanns in ihrer Frische und ihrem besonderen Aroma erhalten geblieben. Dem appetitlichen, feinschmeckerischen Inhalt entsprechend ist auch das äußere Gewand dieser Bände, wie man es beim Insel-Verlag gewöhnt ist.

Illustrierte Zeitung.

Fußnoten:

[1] Cacus: von Herkules erschlagener Riese und Räuber.

[2] Als die drei Wege nämlich, auf denen man sein Glück machen kann.

[3] Ein Flecken in der Provinz Leon, elf Stunden südöstlich von Ciudad Rodrigo.

[4] Hanne Wollkratze.

www.ingramcontent.com/pod-product-compliance
Lightning Source LLC
Chambersburg PA
CBHW032205010726
47493CB00008BA/2844